やさしい漱石

西村好子
Nishimura Yoshiko

不知火書房

やさしい漱石　目次

I 漱石こぼれ話

II 漱石と子規

Ⅲ　歴史の裂け目

カバー、扉　イラスト◎高根英博　装丁◎藤村興晴

やさしい漱石

本書に引用した漱石の書簡、俳句、漢詩の番号は『漱石全集』四六判（岩波書店、一九九三〜一九九九）に付された番号に準拠した。

Ⅰ　漱石こぼれ話

菫程な小さき人に生れたし（明30）

漱石と日露戦争・朝鮮

漱石こぼれ話　1

三十年にわたる長い間、漱石と付き合ってきた。漱石全集は、文庫本と大判と一九九三年版と三揃い本棚に並んでいる。文学論や文学評論など難しいものは、大判でゆっくり、ノートを取り、本にも書き込みながら読んだ。研究誌に発表するためのものは、一九九三年版を使う。楽しんで寝転がって読むのは文庫本に限る。

漱石研究は、玉石混淆、山ほどあって、石のような論文を書いているのだろうなあと忸怩たる思いに囚われることもある。さりながら、私でないと書けないものもそのうち書けるかもしれないと一縷の望みを抱いて、継続こそ命という気持ちで読み続け、書き続けている。

私は初期のものが好きで、『吾輩は猫である』については、拙論を二つも書いた(1)。

『吾輩は猫である』第一章は、明治三十八年一月発行の、俳句雑誌「ホトトギス」一月号に載った。この当時日本は日露戦争中で、鼠を捕らないと決めていた猫も「庸人と相互《あいご》する以上は下って庸猫《ようびょう》と化せざるべからず」（平凡な者と交わってゆこうとすれば平凡な猫にならないわけにはゆかない）と鼠を捕る決心をするのが第五章だ。「猫中の東郷大将」を気取って、日本海海戦に見立てて作戦計画を立てる。旅順湾をもじった「旅順椀」で騒ぎ立てる鼠を追って猫は右往左往し追い掛けるが、結局逃げられてしまう。その姿は滑稽だ。

この第五章は明治三十八年七月号掲載で、五月二十七・二十八日の日本海海戦からひと月もたっていない時期に書かれたものである。東郷平八郎率いる連合艦隊がロシア・バルチック艦隊を破って日本が奇跡的に勝利し、国民の気分が戦勝で熱狂している時に、よくこんなに茶化した表現ができたものだと感心する。読者もまたそれを受け入れる余裕があったわけだ。「ホトトギス」は『吾輩は猫である』で部数を伸ばして、高浜虚子は自宅を二階建てにしたそうである。

日露戦争下の流行語であった「大和魂」については、第六章でもっと厳しい批判を展開している。苦沙弥先生は、「大和魂！　と叫んで日本人が肺病やみの様な咳をした」で始まる名文を披露する。「誰も口にせぬ者はないが、誰も見たものはない。誰も聞いた事はあるが、誰も遇《あ》つた者がない。大和魂はそれ天狗の類か」と。国民が熱狂している日露戦争とそれに付随した言葉に、これだけの冷や水を浴びせられたのは誠に痛快と言わざるを得ない。「肺病」（結核）といえば、今はそんなに怖くない病であるが、当時のイメージは、エイズと癌とエボラ出血熱を足したようなもので、隔離すべき忌むべき病であった。その上「詐偽《ママ》師、山師、人殺しも大和魂を有《も》つて居る」と、突き放す。あと三十年時代が下れば非国民と言われ、出版停止になっていたかも知れない。

日露戦争時の日本人と現在の日本人とを、一緒にはできないだろうが、やはり変質していないところもあるのだろう。昨年（二〇一四年）大関に昇進した豪栄道は伝達式の口上で、「これからも大和魂を貫いて参ります」と覚悟を語っている。私はこの「大和魂」を聞いて、何か勘違いしているんじゃないかと疑った。

早速、朝日新聞の「天声人語」は、「かつて戦意昂揚のために唱えられ、軍国主義を彩った勇ましい言葉の一つである」と秋場所の初日（平26・9・14）に解説していたが、その後半では小林秀雄を引用して、「本来は「人間性の機微」に通じた優しい正直な心を指しているのだ」と締め括っていた。しかし、「恐らく女の言葉だった」という引用はなんだかすっとなじまず、苦沙弥先生の痛快な名文の方がましである。

ところで、友人から、「漱石と朝鮮」という題で話をして欲しいという依頼を受けて、いろいろ調べている。中野重治は「文学は一流、政治感覚は二流」と、なかなか手厳しい。「満韓ところ〴〵」（明42）では、中国人をチヤンと書いてはばからなかったことに「ごく自然に帝国主義、植民主義にしみていた」（「漱石以来」昭33）と断罪する。しかし、次のような手紙が残っていることに目配りしてもいいだろう。初代韓国統監伊藤博文が、李朝第二十六代皇帝高宗に譲位させたことについてである。

朝鮮の王様が譲位になつた。日本から云へばこんな目出度事はない。もつと強硬にやつてもい丶所である。然し朝鮮の王様は非常に気の毒なものだ。世の中に朝鮮の王様に同情してゐるものは僕ばかりだらう。あれで朝鮮が滅亡する端緒を開いては祖先へ申訳がない。実に気の毒だ。

（明40・7・19　書簡番号884）

朝鮮を植民地化しようとする日本の容認も伺えるものの、朝鮮民族に対する愛惜の情は、十分伝わってくる。日本と同じ先祖崇拝めいたものも感じられるのだ。

私はかねがね、万世一系という天皇制は、日本人の祖先信仰とうまくシンクロナイズして、小学校という「教会」を媒介に浸透していったと考えている。故に、太平洋戦争が始まると小学校は国民学校（昭16・3）と改称し、児童を少国民として育てていこうとするのである。イスラム国の若者の蛮行を非難しアフリカの少年兵に驚いている私たちは、まず自国の志願兵という十五歳の少年兵について思いを馳せてみるべきである。七十年前には同じことをしていたのではないかと。そのうえで明治国家以後の近代化について、それぞれが深く考えてみるべきであろう。

この書簡884は以下のような部分を含む。

僕は英国が大嫌ひあんな不心得な国民は世界にない。英語でめしを食つてゐるうちは残念でたまらなかつたが昨今の職業は漸く英語を離れて晴々した。

大体、英文学を専攻したら、普通の研究者ならそれに取り込まれていくものなのに、この距離感は独特なものだ。

鷗外はドイツ文学に取り込まれ、ドイツ女性を愛した。しかし、医務官僚だった鷗外は、来日したドイツ人女性（ポーランド生まれのエリーゼ・ヴィーゲルト）を一家挙げて出世の妨げになると追い返している。(2) 終生、鷗外はドイツに憧れ、『即興詩人』などその雅文体とともに日本人の心に刻印した翻訳も多い。それに対して漱石は一貫して英国嫌いで、「文学論」序（明39・11）に告白している。

倫敦に住み暮らしたる二年は尤も不愉快の二年なり。余は英国紳士の間にあつて狼群に伍する一匹のむく犬の如く、あはれなる生活を営みたり。

英国留学のためロンドンに到着した次の日（明33・10・29）、ボーア戦争からの帰還兵で雑踏する市街に出て、「人の海に溺れた」（「印象」『永日小品』明42）ことを思い出したのかもしれない。この比喩には、むく犬が狼になり植民地戦争までまねて西洋化していく日本に対しての漱石の腹立ちが透けて見える。
現在の日本では、西洋化や文明開化の代わりにグローバリズムという嵐が吹き荒れている。実際のところはアメリカナイゼーションで、英語を準公用語化しようと文科省は必死である。二、三年の内に小学校の低学年から正式科目としてお目見えするだろう。高学年ではもう実施されているのだから驚きで、大学でも英語での講義を増加させている。まさに、アメリカの属国というスタイルで、漱石が知ったら、『三四郎』の広田先生のように、日本は「亡びるね」と言うかもしれない。

注

1 「子規と『吾輩は猫である』」と「「言葉の幻惑」と「国家の幻惑」——『吾輩は猫である』論」（拙著『散歩する漱石—詩と小説の間』所収、翰林書房、一九九八・九）。前者は本書に再録。
2 六草いちか『鷗外の恋　舞姫エリスの真実』（講談社、二〇一一・三）、同『それからのエリス　いま明らかになる鷗外「舞姫」の面影』（講談社、二〇一三・九）

漱石こぼれ話　2

漱石の食・子規の食

漱石の親友・子規の食生活については、よく話題に上る。脊椎カリエスという重病を抱え、寝返りもままならない状態にもかかわらず、驚く程の食欲である。『仰臥漫録』（明34）による、書き始めの九月二日の食事から。

朝　粥四椀、ハゼノ佃煮、梅干砂糖ツケ
昼　粥四椀、鰹ノサシミ一人前、南瓜一皿、佃煮
夕　奈良茶飯四椀、ナマリ節煮テ少シ生ニテモ　茄子一皿
此頃食ヒ過ギテ食後イツモ吐キカヘス
二時過牛乳一合コヽア交テ
煎餅菓子パンナド十個許

昼飯後梨二ツ
夕食後梨一ツ

合計してみると、粥・飯十二椀、鰹（刺身となまり節）二人前、梨三つ、牛乳カップ一杯、煎餅菓子パン十個以上で、一日分の病人の食事とは思えない量と品数である。

書き付けている時に再度その味を味わっているような詳細な書きぶりで、食べることが、生きることであったという重さが伝わってくる。鰹はちょうど戻り鰹で脂が乗って美味であり、茄子も嫁に食わすなと言われる初秋のものである。菓子パンは、子規が十六歳で上京した際、初めて友人達と食べたもののようで、『筆まかせ』（明21）の「半生の喜悲」に、昼飯代わりのあんパンの美味しかったことが書き留めてある。あんパンに東京の味を嚙みしめたのだろう。美味しい食が、子規の消えそうな命の熾火を明滅させ続けたのである。

梨は七十五日長生きできると人口に膾炙している初物であろう。もうすぐ子規の好物の柿も実り始める。『三四郎』（明41）では広田先生がそのエピソードを披露している。

子規は果物が大変好きだつた。且ついくらでも食へる男だつた。ある時大きな樽柿を十六食つた事がある。　（一の七）

高浜虚子の『柿二つ』には、子規をモデルとする主人公が柿十五個を二日かけて全部食べてしまったとある。子規自身は、

柿食へば鐘が鳴るなり法隆寺

と詠み、「くだもの」では、もっと詳しく果物好きの自身の様子が紹介されている。

当時結核（カリエス）という不治の病には恐るべき様々な民間療法が流布していた。人骨を砕いて食べると効くとか、赤ん坊の肉を食べると効能あらたかとか、蛇を食べると良いとかで、本当に墓場で深夜不気味な火が灯っていたこともあったらしい。神戸では南京町の赤ん坊が殺され、結核患者の犯人が捕まったという新聞記事が残っている。また、首吊り自殺した、その縄を食べると効くという伝聞もある。昭和になってもこの類の民間療法は生きていたらしく、梶井基次郎は川端康成への手紙で、蛇を食べると宣言している。

まむし、しまへび、青大将など、村の人に頼みまして近日手に入る筈です　これは勿論干物のへびですが桜の咲く時分になればなまのへびも出て来るでせうから、今年は見つけ次第殺して食べる想像をしてゐます

（昭3・3・26　書簡番号277）

『檸檬』（大14・1）の作者らしからぬ食行動である。子規の偉かったところは、そんな民間療法に惑わされなかったことだ。

小生の病気は単に病気が不治の病なるのみならず病気の時期が既に末期に属し最早如何なる名法も如何なる妙薬も施すの余地無之神様の御力も或は難及かと存居候（略）小生唯一の療法は「うまい物を食ふ」に有之候

（『墨汁一滴』明34）

また、子規の食への執着は、『三四郎』や『吾輩は猫である』（明38）の中で回想されているが、夏目鏡子の『漱石の思ひ出　前篇』（角川文庫、昭29・11）では、遠慮のない漱石の観察が書き留められている。

子規て奴は横着できたない奴だ。下宿にゐる頃、真冬になると火鉢をかかへ込んで厠へ逆に入つて、あたりながら用を足してでてきて、その火鉢ですき焼をして食ふんだ。

子規はすき焼きという食にのみ集中し、漱石は厠経由の火鉢で調理されたものに違和感を持つ、食を巡る雰囲気ひいては食文化を大切にする感性の持ち主だったということだろう。いずれにしても、すき焼きは当時流行の料理だったのだ。

すき焼きの始めは葱と肉だけだったが、おいおい白菜、春菊、えのきだけ、豆腐、蒟蒻などと炊く和洋折衷の料理となり、下地から炊く関東の牛鍋と、牛肉を直に焼いて砂糖、醤油をぶっかけ後に野菜を加える関西のすき焼きとなった。

福沢諭吉が「肉食せざるべからず」という「肉食説」を唱え、日本で初めて「カレー」という語を紹介したのは安政五年である。[1]

明治政府も、近代化政策の一環として「西洋食」を推奨した。宮中で肉食が採用されたのは明治五年である。二月、それに反対して御岳行者十人が皇居に乱入し、内四人が殺されるという事件が起きている。[2] たかが肉食、されど肉食である。

強壮な身体を形成して列強に伍していくための食の西洋化と伝統的な和食のナショナリズム、さらに菜食主義の仏教という宗教思想などが衝突し、血が流れたのだ。つまり、食の背後にも何らかのイデオロギーや宗教が潜んでいるということなのだろう。

数年前、私はオーストラリアのアデレイドの友人(マリア・フルッチ)宅に二週間程滞在したことがある。スーパーの肉売り場に行って驚いた。肉はブロックばかりで、すき焼きに用いるようなスライスされたのがないのだ。昼食用に簡単に調理できるお好み焼きを作ってあげて、マリアの得意料理になるようにと意気込んでいたのにガッカリだった。

何でお好み焼きかというと、庭でバーベキューをした時に食材は肉だけだったのである。なにしろ彼女の夫は肉しか食べず、ただ、マリアが兎のようにベビーリーフを食べていた。野菜を食べないと体に良くないという彼女のもっともな心配も、「お好み焼きを作れば解消できる」という私の期待は裏切られた。

日本から遠く離れた牧畜の本場で、スライスした牛肉は日本特有の食文化であることに私はやっと気付いた。彼女によると、日本の牛肉が世界で一番美味しいそうだ。

ところで、漱石の『三四郎』には、牛鍋を巡って不思議な場面がある。熊本の牛肉屋で学生がやっていたことである。

たま〳〵飲食店へ上がれば牛肉屋である。その牛肉屋の牛が馬肉かも知れないといふ嫌疑がある。学生は皿に盛つた肉を手攫《てづか》みにして、座敷の壁へ抛《たゝ》き付ける。落ちれば牛肉で、貼付《ひつつ》けば馬肉だといふ。丸で呪《まじなひ》見た様な事をしてゐた。（六の七）

どうやら、牛肉といって馬肉が混じっていることがあったらしい。牛鍋が盛んになるにつれ、需要が供給に追いつかずに馬肉を混入させていたようで、警視庁が摘発したという新聞記事もある（明22）。士族の反乱も収まり、日清戦争まで五年あり、日本は平和で静かだったのだろう。

子規に比較すると、胃弱だった漱石の食生活は平凡ということになるのだろうが、その胃弱は、中村是公らと下宿していて毎日ぜんざいを食べたということから始まったらしい。

まだ十七八歳の学生の頃、小石川の極楽水の傍にあった寺の二階に、四五人の仲間と一緒に、下宿していた時分に、毎晩必ず、屋台の汁粉屋が、門前にやって来て、はたはたと団扇を鳴らす、その音を聞くと、「どうしても、汁粉を食わずにいられなかった」と、父自身が述懐している。

（夏目伸六『父　夏目漱石』角川文庫、昭36・7）

なにしろ甘いもの好きだった。鏡子が菓子類を一切目につかないところに隠していて、漱石が茶の間の戸棚をしきりに物色する姿を、「私（伸六）は、今でもよく覚えている」と回想している。この嗜好には、父母の愛情に恵まれなかった幼時の漱石の、代償行動としての食があるように思われる。

漱石が胃酸過多で苦しみ始めたのは、英国留学から帰国後であるらしい。留学費（月額百五十円・十五ポンド）の多くを書籍購入に充てるのだからロンドンでの食生活は貧しいものだった。そもそも西洋料理への違和感を持っていて、それは船中から始まっていた。米食、味噌汁、魚などの日本食から、パン、肉、牛乳、チーズばかりの洋食に乗船を境に激変したのだから、その苦痛は当然でもあろう。

出航して一カ月後のアデン[3]で、「毎々ながら西洋食には厭々致候」（明33・10・8　書簡202）と愚痴をこぼしている。それまでの寄港地、上海、香港などで日本食を食べ、「茶漬け七八椀は傾け申し候、夏目君は蕎麦が食ひたしといひ」（芳賀矢一書簡）と留学のとば口で躓いているのだ。

ロンドンでの困りようは『道草』（大4）には次のように描かれている。

ある時の彼は町で買つて来たビスケットの缶を午《ひる》になると開いた。さうして湯も水も呑まずに、硬くて脆いものをぼり〳〵噛み摧いては、生唾《なまつばき》の力で無理に嚥み下した。

（五十九）

「昼食《ちうじき》を節約した憐れな経験」として挙げられているのだが、修善寺の大患（明43・8）の後は、「四時頃突然ビスケット一個を森成さんが食はしてくれる。嬉しい事限なし」（明43・9・13）「昨夜重湯を呑むまづき事甚し。ビスケットに更へる事を談判中々聞いてくれず」（9・16）と、嘆いている。吐血で倒れて二日後最初に口にしたのが、少量の葛湯であった。

その頃の胃潰瘍の治療法は、腹の上に熱い蒟蒻を載せる療法で、火傷をするようなこともあったようだ。他の患者のこととして、余りの空腹にその蒟蒻を手でちぎって食べてしまったことがあったと漱石は伝えているが、漫画『「坊っちゃん」の時代』シリーズの第五部『不機嫌亭漱石』では漱石が食べたことになっている。(4)

腸《はらわた》に春滴るや粥の味　（『思ひ出す事など』二十六　俳句番号2261）

は、初めて熱い粥をすすった実感を盛ったしみじみとした名句である。ビスケットは結局、句にならなかったが、重湯や粥よりビスケットを欲しがる気持ちが、ひしひしと日記からは読み取れ、微笑んでしまう。

『吾輩は猫である』（明38）でも、苦沙弥先生の朝食はパンにバターにジャムに紅茶の英国式である。それを細君に咎められている。

「今月はちつと足りませんが……」「足りん筈はない、（中略）今月は余らなければならん」（中略）「夫でもあなたが御飯を召し上らんで麺麭《パン》を御食べになつたり、ジヤムを御舐めになるものですから」「元来ジヤムを何缶舐めたのかい」「今月は八つ入りましたよ」「八つ？　そんなに舐めた覚えはない」「あなた許りぢやありません、子供も舐めます」（第三章）

この苦沙弥先生と細君の会話は、そのままではないにしろ夏目家の食卓風景を伝えているだろう。一カ月にジャム八缶には笑ってしまうが。子規のあんパンは嗜好品だが、漱石のパン、ジャム、卵、紅茶は朝食として定着しており、皮肉なことに現在の私達の朝食になっている。

英国嫌いの漱石は、「現代日本の開化は皮相上滑りの開化である」(5)が、「涙を呑んで上滑りに滑つて行かなければならない」と、近代化する日本を悲観したが、自身は散歩を好み(6)、パン食を朝食とし、英書を読むという、生活様式としては西洋に取り込まれた『それから』（明42）の代助と同じである。

漱石の死期を早めたのは、大正五年（一九一六）十一月二十一日結婚式に招待され、砂糖まぶしのピーナッツをしきりにつまんだことに因るらしい。子供の頃から好きで、所帯を持ってからも散歩に出るとよく買って帰って来たそうだ。

青年期からほぼ三十年後も漱石の甘い物好きは変わらず、お汁粉から砂糖まぶしのピーナッツとなったのである。

結婚式の次の日の二十二日から漱石は起き上がれなくなった。その日は薄いトースト二切れと牛乳を飲んだが吐いてしまう。十二月に入ってからは重態が続き、十二月九日逝去した。死に至る病となった胃潰瘍は、ある意味で、和食から洋食への過激な転換という、日本という国家の近代化の性急さがもたらしたものとも言えよう。

注

1 「華英通語」慶應義塾『福沢諭吉全集　第一巻』岩波書店、一九五八・一

2 河上睦子『いま、なぜ食の思想か――豊食・飽食・崩食の時代』社会評論社、二〇一五・一

3 インド洋から紅海、地中海へと抜けるアラビア半島南西端の港湾都市。

4　関川夏央・谷口ジロー　漫画『不機嫌亭漱石』双葉社、一九九七・七
5　「現代日本の開化」（明44・8）『漱石全集　第十六巻』岩波書店、一九九五・四
6　拙書『散歩する漱石―詩と小説の間』（翰林書房、一九九八・九）で述べた。

漱石の花好き

漱石こぼれ話　3

漱石が花好きだったというエピソードから、霊魂について考えていきたい。まず、花好きの萌芽を子規との書簡から見出すことができる。

子規の喀血を心配しての手紙にある

帰ろふと泣かずに笑へ時鳥《ほとゝぎす》　（明22　俳句番号1）

が、漱石の最初の俳句である。時鳥は結核患者の隠語で、この俳句を書き添えて文通が始まった最初の手紙（明22・5・13　書簡番号1）の署名は「金之助」だが、二週間後の二通目（5・27　書簡2）は「菊井の里　漱石」、三通目（6・5　書簡3）は「菊井の里　野辺の花」である。「菊井」は、漱石の生家の住所、喜久井町による。漱石の父の命名で、「私の家の定紋が井桁に菊なので、夫にちなんだ菊に井戸を使つて、喜久井町としたといふ話は、父自身の口から聴いたのか、又は他のものから教はつたのか、何しろ今でもまだ私の耳に残つてゐる」（『硝子戸の中』二十三）とある。「野辺の花」は菊井の菊から連想されたのだろうが、ここには、

菫《すみれ》程《ほど》な小さき人に生れたし　（明30　俳句1098）

木瓜《ぼけ》咲くや漱石拙を守るべく　（明30　俳句1091）

も浮かんでくる。

「野辺の花」の可憐さ、「菫」のうつむき加減の慎ましさ、名の由来となった、時々咲く季節を間違える「木瓜」に自分の「拙」を託すほほ笑ましさ。これらの句には漱石の優しい人柄が滲んでいる。ちなみに漱石の俳号は愚陀仏である。

鎌倉の円覚寺の帰源院で参禅した際に知り合った宗活を、三年ぶりに訪ねての句を次にあげる。

佛性《ぶつしよう》は白き桔梗にこそあらめ　（明30・10　俳句1240）

白い桔梗の神秘的な清らかさを見ていると、全ての人に生まれつきそなわっている仏になれるという仏性とは、この花のような清純さなのだろうという句である。「帰源院即事」という前書きがある。

円覚寺には、恩師（故・猪野謙二先生）とゼミ仲間と共に訪ねたことがある。信仰心のない私は、山全体が寺であるその大きさに驚き、禅宗の権力の強大さを実感したが、座禅もした求道的な漱石は、人の心の精髄を白い桔梗に象徴し、清々しさに溢れた句となった。

漱石が、花好きでなければ成立していなかった作品が『草枕』である。「ホトトギス」連載の『吾輩は猫である』（明38〜39）が好評の中、八月に終了し、踵を接するように『草枕』が「新小説」に発表された。八月二十七日発売の九月号は、二十九日には売り切れてしまい、広告を出す暇も無かったという。発行部数は五千部内外。当時の人口が五千万人程だから、今の村上春樹並みの人気である。

『草枕』は、春を季題にした「俳句的小説[1]」で、花物語と言い換えても良いぐらい様々な花に彩られている。桜、菜の花、蒲公英、海棠、椿、木蓮、菫、木瓜などである。この作品は画工の饒舌体で進行し、春の花に深く思いを寄せ、描き連ねていく。画工の眼は漱石の眼と重なるだろう。素敵な花の句が宝石のように散りばめられている。私の好きな木蓮の句の前には、うっとりする長い前書きがある。

石甃《いしだゝみ》を行き尽くして左へ折れると庫裏へ出る。庫裏の前に大きな木蓮がある。殆んど一と抱《かゝえ》もあらう。（中略）花の色は無論純白ではない。徒らに白いのは寒過ぎる。専らに白いのは、ことさらに人の眼を奪ふ巧みが見える。木蓮の色は夫《それ》ではない。極度の白きをわざと避けて、あたゝかみのある淡黄に、奥床しくも自らを卑下して居る。余は石甃の上に立つて、此《この》おとなしい花が累々とどこ迄も空裏に蔓《はびこ》る様を見上げて、しばらく茫然として居た。眼に落つるのは花ばかりである。葉は一枚もない。

木蓮の花許りなる空を瞻《み》る

と云ふ句を得た。どこやらで、鳩がやさしく鳴き合ふて居る。（十二）

「瞻《み》る」が、画数の多い漢字で木蓮の枝振りや花の色の微妙さやおとなしそうな花なのに空一面旺盛に蔓延《はびこ》っている様子を無意識に流し込んで来る。ただ「見る」のとは違い「仰ぎ見る」意で、漢字の象形性が遺憾なく発揮されていて、さすが漢詩人漱石である。木蓮への愛情が匂ってくる。

『草枕』は「プロットも無ければ、事件の発展もない」「俳句的小説」をめざした。不思議な行動をとる那美さんを観察するばかりなのだ。彼女が、画工の到着した春寒の夜、密かに海棠の幹に潜んでいた気配を詠んだ句がある。

海棠《かいどう》の精が出てくる月夜かな　（三）

海棠は、房状の花がたわわにぶら下がって咲き、うす紅色が濃く、どこかやるせない妖艶な情緒がある。作品を離れた一句としても、月光を浴びて朦朧とした花の精の出現を想像させる。そんな花々を奔放に詠んだ句の中で気になるのが、「弔古白《こはく》」と前書きのある次の俳句だ。

御《お》死《し》にたか今少ししたら蓮の花　（明28　俳句189）

古白は、正岡子規のいとこにあたる藤野古白。明治二十八年四月七日、額に二発の弾丸を撃ち込み、二十五歳でピストル自殺をした。古白は、子規の影響を受け、初期の文学活動としては俳句を作り、子規に絶賛されている。

「御死にたか」は松山方言で、「死んでしまわれたか」と方言で相手に呼びかけ、自死に至るまでの苦悩を推し量り、心の底から悼んでいる漱石の肉声が聞こえてくるようだ。もう少ししたら、極楽浄土に咲いている蓮の花に囲まれ、苦しみから解放されると慰めている。

古白一周忌には、

君帰らず何処《いずこ》の花を見にいたか　（明29・4　俳句783）

と詠んでいる。さらに、それから十八年後に書かれた『こゝろ』（大3・4〜8）のKにも古白の面影が投影されているだろう。

子規の『仰臥漫録』明治三十四年十月十三日の項には、小刀と千枚通しが描かれて、死への誘惑を駆り立てるかのように絵の上に「古白曰来」（古白曰く来れ）と書き入れられている。子規が病床六尺の生き地獄の中で古白を幻視したように、漱石もまたロンドンのスモッグの中で子規の幻影を見ている。

次の五句は「倫敦にて子規の訃を聞きて」という前書きで高浜虚子宛に送った追悼句（明35・12・1）である。明治三十五年は、ロンドン在住で文学論の基礎になる研究を始めたこともあって一カ月に一句〜二句くらいの作句なので五句の連作は突出している。

筒袖や秋の柩にしたがはず　1824

手向くべき線香もなくて暮の秋　1825

霧黄なる市に動くや影法師　1826

きりぐ〲すの昔を忍び帰るべし 1827

招かざる薄に帰り来る人ぞ 1828

三句目の「霧黄なる市」とは言うまでもなくロンドンで、今の中国の大都市のようにスモッグがひどく昼間でも通りが暗くなったようだ。「影法師」を漱石自身という解釈や市街の人影に子規をだぶらせたものという説もあるが、五句目から、子規の影法師ともとれる。その「招かざる薄」（子規）の元に私は帰って行くと諦め、この追悼句を虚子宛に送った四日後、漱石は帰国の途につく。

確かに人は、魂が危機的状況に至ると亡き人を幻視するようだ。東日本大震災の後、死者に出会う話が「新潮」（平27・4）に出ていた。

一歳十ヶ月の次女と三十九歳の最愛の妻を自宅もろとも流された宮城県亘理郡の男性は、遺体が見つかった四日後遺体を火葬した。その夜、妻と寄り添う娘の夢を見た。その翌日、瓦礫の中から結婚の誓約書や婚約指輪、写真など数々の遺品が見つかる。

また、小学校が波に呑まれて八歳の息子を失った石巻市の夫婦は、天井を走り回ったり、壁をたたいたりする音を聞くようになった。

明治三陸津波の後、同じような話を柳田國男『遠野物語』（明43・6）が書き留めている。

先年の大海嘯《おおつなみ》に遭ひて妻と子とを失ひ（中略）たるが、夏の初めの月夜に便所に起き出でしが、（中略）霧の布《し》きたる夜なりしが、その霧の中より男女二人の者の近よるを見れば、女は正しく亡くなりし我妻なり。（中略）名を呼びたるに、振り返りてにこと笑ひたり（九九）

夫は、津波で亡くなった妻がにこっと笑ったのを見た。百年後にも同じような体験をした人がいるのを知って、私は不思議な感で胸が一杯になる。

漱石も、ロンドン留学時代から、帰国後の明治四十三年くらいまでの十年間にアンドリュ・ラング『夢と幽霊』、フラマリオン『霊妙なる心力』、オリバー・ロッヂ『死後の生』といった、オカルトやスピリチュアリズム関係のものを読んでいる（『思ひ出す事など』十七）。私達の生きている世界を剥がしてみると霊たちの住む世界があって、時にその世界が急に接近してきて吸い込まれたり、また結界が崩れたりして霊たちに会うのかもしれない。

注

1 談話「余が『草枕』」『文章世界』明39・11

漱石と国語教科書

漱石こぼれ話　4

早春の昼下がり、先輩のHさんから電話が掛かってきた。Hさんは旧制神戸二中から新制高等学校に切り替わった学年である。Hさん達は、喜寿を過ぎても同窓会を続けておられる。鎌倉や東京からも神戸に集結してくるというエネルギーのある十数名の会だ。その前座で、漱石の講話をして欲しいという依頼だった。

講話が終わると、『草枕』冒頭の「智に働けば角が立つ。情に棹させば流される。意地を通せば窮屈だ。兎角にこの世は住みにくい」を、菊田一夫作詞・古関裕而作曲の戦災孤児物語「鐘が鳴る丘」のメロディーで、ある方が大声で歌い始められた。拙い講話をフォローしてあげようと頑張って下さったのだと感謝している。その後はこんな歌詞になっていた。

スミニクイヨヲガマンシテ、イッシンフランニオイラハイキール全員による合唱となった歌声を聞きながら、漱石の文学が血肉化していることに驚いた。そして、これは神戸の一新制高校に限ったことではなく、恐らくは全国津々浦々にまで及んでいたのではないだろうか、と。

そういうことで今回は、漱石と国語教科書について考えてみたい。漱石が近代日本語の基礎を作った一人であるということは動かないだろうが、前人の苦労についても思いを致しておくべきだろう。二葉亭四迷が、（だ）という文末語をもつ言文一致体を創出するまでの道程は並大抵のことではなかった。女学生のいる窓際に長時間たたずんでその言葉を収集したり、円朝の落語や速記本を参考にしたりして、足掛け三年もかけて『浮雲』（明20〜22）を書き（未完成のまま）、最終的には坪内逍遙と共著（第一篇）というかたちで世に問うた。ちなみに第三篇はロシア語からの翻訳で、ロシア語の方が彼にとっては書きやすかったのである。

二葉亭は日本最初の言文一致体を完成したにもかかわらず、そのあとは俗語に潜む格調の低さが気になって、『芭蕉七部集評釈』を「俳諧手録」に一部残し、俳句に「神韻」を求めて九百句程制作している。その頃一緒に下層社会を探究し、後に貧民街ルポ『最暗黒之東京』（明26・11）を書く松原二十三階堂（岩五郎）は、「君の文は骨を削り、髄を抉るものである。一文成つた時は正に一斗の血を枯らしたものである」と『二葉亭先生追想録』で述べている。二葉亭は、国木田独歩、田山花袋などに影響を与えたツルゲーネフ『あひゞき』（明21・7）などの翻訳者でもあり、彼が近代文学に寄与した功績は大きい。

しかし二葉亭は、「文学は男子一生の仕事にあらず」と、朝日新聞のロシア特派員としてサンクトペテルブルグに旅立って行った。ロシアでは不眠症に悩まされ、結核を併発して帰国の途に付くが、ベンガル湾洋上で四十六歳で息を引き取った（明42）。彼は亡くなる寸前まで日記を書いている。その文体は彼が血の滲むような思いで開発した言文一致体ではなく、漢文訓読体とロシア語である。二葉亭の最後の小説『平凡』が朝日新聞に連載（明40・10〜12）された後、漱石の『坑夫』（明41・1〜4）『三四郎』（明41・9〜12）が続いている。のちのことになるが、明治四十年代の国語教科書には二葉亭の『平凡』から「愛犬ポチ失踪」の章が多く採用されている。

漱石は『坊っちゃん』（明39・4）を書き上げるのに二週間しか掛からなかった。ほぼ、同じ分量の『浮雲』に二葉亭が三年間かかったことを考え合わせてみると、奇跡的ですらある。勿論、『浮雲』には語り手がいて、江戸の人情本形式がどこかに忍び寄っていて読みにくい。一時期『平凡』（ポチ失踪）も教材にされたが、後は『草枕』（明39・9）『坊っちゃん』を始めとして漱石の独壇場である。旧制高等学校の学生の人気作家は漱石で、作品としては『草枕』と『こゝろ』（大3・4〜8）であった。

『こゝろ』は現在、日本全国の高校二年生が二学期に学習する長い寿命を持った作品だが、当初は旧制高等学校という高い教養を持った男たちの小説だったのである。しかし今では、女生徒の小説にもなっている。

以前、神戸の下町の商業高校で、一年間の国語教科書の教材の中で一番良かったものを挙げ、その理由を書きなさいというアンケートをしたことがあるが、その回答では四十名中十名が『こゝろ』を選んでいる。以下にその感想を挙げてみる。二名は作品名のみなので除外した。

○僕が教科書に載っている物語の中で好きなのは『こころ』です。なぜかというと、まず、読みやすく個人的に内容が入りやすかったです。長かったのですが、先が気になる恋愛物語でスッスと読めて、僕が好きな物語でした。(Y君)

○僕は夏目漱石の『こころ』がとても印象に残っています。登場人物のこころのすれ違いが難しかったけど、なぜか吸い込まれました。(H君)

○『こころ』が良かった。人間の「こころ」がよく表現されていた。(I君)

Y君は、学力はまあ普通でゲーム好きだが文学好きではない。次のH君も傾向としてはY君と同じである。I君はやや権太で、ふてくされている時もあったのに考査ではそれなりに頑張った。ゲームと部活に熱心で授業は上の空という生徒や、不良っぽい生徒までもひきつける漱石の小説の力に改めて感心した。

以上男子だが、やはり、女子の人気が高い。『こゝろ』を読んで文学部に行こうと決心した女生徒もいる。

○先生がKともう少しだけでも向き合っていたら、また変わっていたのかと思うと、とても心が痛くなりました。けれども、そこのところの先生の感情が印象深く、結果として一番好きな作品でした。（Yさん）

○人間ってこわいと思いました。（Bさん）

○一番面白いと感じたのは『こころ』です。複雑な人間関係とKの「精神的に向上心のないものは馬鹿だ」という言葉が強く印象に残ったからです。（Tさん）

○長い話で疲れたけど面白かった。初めから読めばもっと楽しめたのかなと思った。いつか読みたい。（Mさん）

○お嬢さん、K、私の三角関係が面白かった。昔の有名な人の作品を読むことで、今の時代と昔の時代の違いを知る事が出来て良かった。（Sさん）

女生徒はみな成績が良く、三角関係、嫉妬、友情、愛ということに既に関心を持ち始めているので、しっかりと授業を受け、私（先生）とKの関係の深さが自殺の遠因になっているのではないかという質問を投げかけた生徒もいた。また、Kの「道」という修養について実感が湧かないという感想を述べる生徒もいた。確かに修養という言葉が流行し人格の陶冶が学校の教育目標になっていた明治末期から大正の雰囲気が分からないと、Kの自殺について唐突という印象をもつ今の生徒がいてもおかしくない。

ゆとり世代の教材は『夢十夜』（明41・7〜8）と『三四郎』だった。前者は第一夜と第六夜で、後者は三四郎が美禰子と池のほとりで出会う場面だ。この場面は授業を進めるのが難しかった。美禰子が、白い小さな花を落として三四郎の気を惹くのだが、現代の高校生はその意味を想像できないのである。恋愛の原初形態としての一目惚れを彼らは無意識の内に経験しており、「こんな大げさに書いても仕方ないやん」というのが、大半の意見だった。

しかし、冒頭の同窓会の新制高等学校生はこんな話をしてくれた。終戦後のある日、運動会の後、黄昏から暗い夜が広がっていくなか、ある生徒が学校のガラクタを運動場の真ん中に運び出して火をつけ、「オクラハマミキサー」を流し始めた。もう八十歳に近い彼らが、女生徒の手を握るのだと思うと胸がドキドキしたと語る眼の奥に、私は青春の熾火を見た思いがした。漱石作品の中の青春小説は、彼らのためのものでもあったのだろう。

『三四郎』『それから』（明42・6〜10）『門』（明43・3〜6）の前期三部作で、漱石は片思いと恋愛と不倫を輸入し、小説内で身体の近代化を達成したことになる。恋愛が資本主義の基盤という考え方があるが、草食系男子の出現で、恋愛から結婚へというコースは変貌を遂げつつある。日本の資本主義も幾度目かの大きな曲がり角にきているのだろう。

抵抗する漱石

漱石こぼれ話　5

1

漱石（金之助）は慶応三年（一八六七）一月五日（陰暦）、正月の賑わいがまだ残っている松の内に産声をあげた。父、夏目小兵衛直克・五十一歳、母ちゑ・四十二歳で、六人目の子供（異母姉二人、同母兄三人）である。漱石は後年森田草平などに「俺は六人の末子で両親から余計者、要らぬ子として扱われたものだ」と云っていたという。(1)

生まれたのは庚申《かのえさる》の日の申の刻（午後四時前後二時間）で、この日この時刻に生まれた者は大泥棒になるか偉く出世するかだと云われており、大泥棒を封じるには「金」を名前に付けると良いという迷信もあって直克は「金之助」と命名した。

母ちゑの、この歳で四人目を授かるのは恥ずかしいという思いと母乳不足もあって、金之助は古道具屋に里子に出された。その家では店先の笊の中に入れられ人目に晒されていたらしい。里子からさらに養子に出され、その養家から再び夏目に戻った際は、お爺さんお婆さんと金之助に呼ばせたというが、確かに孫という感じがある。が、百五十年後にも通用する漱石を想うなら、「老母、玉を抱く」という言葉がふさわしい。

慶応三年は九月から「ええじゃないか」騒動が沸き起り、京都では、攘夷か開国かをめぐって血で血を洗う抗争が渦巻いていた。坂本龍馬が同志と共に殺害されたのは十一月十五日である。十二月九日には王政復古の大号令が出され、明けて慶応四年（明治元年・戊辰《つちのえたつ》）一月には鳥羽・伏見の戦いから戊辰《ぼしん》の役が始まり、三月には江戸城無血開城に至る。もしもこの時に江戸が火の海になっていたら、一歳のよちよち歩きの金之助は、ひょっとして焼死していたかもしれない。『吾輩は猫である』『坊っちゃん』『草枕』『三四郎』『それから』『門』のない明治文学史ひいては日本文学史、日本語など私には想像できない。

明治の年と漱石の満年齢の重なりの背後には何やら歴史の歯車の音のようなものを聞くことができるのであるが、そのことを漱石が自覚的に表現しているのが次の講演（大阪）である。

> 私は明治維新の丁度前の年に生れた人間でありますから、今日此聴衆諸君の中《うち》に御見えになる若い方とは違つて、どつちかといふと中途半端の教育を受けた海陸両棲動物のやうな怪しげなものであります（後略）
>
> （「文芸と道徳」明44・8）

近世と近代の狭間に生きた漱石は、「漢学塾に二年でも三年でも通つた経験のある我々」という近世的教養が「性を矯《た》めて痩我慢」をさせる癖があると振り返っている（傍点筆者）。確かに金之助は、小学校に通いながら九歳頃寺小屋風の漢学塾にも通っていたらしい。母ちゑの死去（明14・1）の後、東京府立第一中学を中退し漢学塾二松学舎で漢文学を学び、その後、成立学舎（神田区駿河台）に入学（明16・7推定）した。江戸という海を漂流していて、この時期に後に子規も感嘆する漢詩文の造詣を深めたのだろう。

自分を漢文学の海から英文学という近代の陸に上がった「両棲動物」、近世と近代の狭間の混沌とした時代を生きた「怪しげなもの」であるという漱石は、特に道徳の変貌を危惧している。

> 私は明治以前の道徳をロマンチックの道徳と呼び明治以後の道徳をナチユラリスチツクの道徳と名づけますが（中略）日露戦争も無事に済んで日本も当分は先づ安泰の地位に置かれるやうな結果として、天下国家を憂としないでも、其暇に自分の嗜欲を満足する計《はかりごと》をめぐらしても差支《さしつかえ》ない時代になつてゐる。（中略）従つて吾々の道徳も自然個人を本位として組み立てられるやうになつてゐる。即ち自我からして道徳律を割り出さうと試みるやうになつてゐる。
>
> （同前）

これを『それから』(明42・6)の代助にあてはめてみれば、親友平岡のために、三千代を譲るという「痩せ我慢」をしたことになる。しかし、三千代への愛に目覚めていく、ロマンチストからナチュラリストへのねじれのような在り方が、やがて錯乱を連想させる悲劇的結末を招く。彼は、「痩せ我慢」めいた友情より「嗜欲」を優先し、「自然」に沿って生きる自然主義の勃興する時代の男である。つまり、三千代を親友に譲るという「痩せ我慢」のロマンチストから、三千代の愛に目覚め、「自然」に帰るナチュラリストに、代わらざるを得なかったのだ。

ニーチェ(本能)主義を唱えて一世を風靡した高山樗牛は、明治三十五年死去したが、その本能主義、自然主義の潮流下にあって、田山花袋の『蒲団』が明治四十年発表され、その一年後に森田草平と平塚雷鳥との心中未遂事件が起き、万朝報などの各紙に報道された。四十二年一月、森田草平は『蒲団』に倣って、その事件を『煤烟』として東京朝日新聞に連載する(明42・1・1~5・16)。なんだか、一昔前の週刊誌のスクープ事件簿風であるが、当時「『煤烟』は懺悔・告白の文学として、漱石以上であるとさへも称せられた」と、小宮豊隆がその評判の高さを伝えている。

しかし、『煤烟』終了の一カ月と十日後から同じ新聞に連載した『それから』(明42・6・27~10・14)の中で、漱石は代助の口を借りて『煤烟』を批判した。心中しようとする要吉と朋子について次のように言っている。

要吉といふ人物にも、朋子といふ女にも、誠の愛で、已むなく社会の外に押し流されて行く様子が見えない。彼等を動かす内面の力は何であらうと考へると、代助は不審である。

（六の二）

この批判を借りれば、『それから』の代助と三千代は「誠の愛」という「内面の力」で自ら「社会の外に出」て行くほかないのである。自分の「自然」に目覚めて、「誠の愛」を貫き通すことは、それが犯すリスクから考えれば間違っているという見方はあるだろう。その一人として代助の兄の誠吾はこの「自然」を、「自分の勝手」で「危険なもの」で「安心が出来ない」（十七の三）として、代助を勘当し仕送りを停止すると言い渡した。

しかし、高等遊民である代助は、働かないことによって、父たち明治の第一世代の作った社会に消極的に反抗していた。平岡の話として、幸徳秋水が四六時中、巡査に尾けられているという現状（十三の六）が書き留められている。社会主義という反抗形態があるとしても、「此方面にはあまり興味がない」（同前）代助は、「日本対西洋の関係が駄目だから」（六の七）という社会への批判を、職業に就かないという行為として実践している。日本の近代化に自分を重ねたくないから、何もしないのだ。モラルがねじれているように、存在としてもねじれている。つまり、仕送りは反抗する相手からもらっているのだから、停止されたら生きていけない。自己矛盾を抱えた生き方が高等遊民の実態だったといえる。

姦通罪（明40・4）公布を受けて『それから』が発想されたという高橋和巳の指摘[2]は重い。ちなみに、不敬罪とともに姦通罪が廃止されたのは敗戦後の刑法改正（一九四七年十月）によってだった。明治という時代の根幹ともいうべき国家神道たる天皇制の表現である不敬罪と極私的な姦通罪が同時に存続していたことは、国家による私生活の強力な統制を語っているだろう。姦通罪成立を受けて、漱石は「誠の愛」という「内面の力」である自然に目覚めて社会から逸脱せざるを得ない代助と三千代を描き、そののちは、彼らの淋しい生活を『門』（明43・3〜6）として小説化し、『三四郎』で始まる三部作を完成した。

2

上記は小説の上での時代への反抗だが、漱石は生身で時の政権と文壇に抵抗したことがある。明治四十年、朝日新聞に『虞美人草』を連載（6・23〜10・29）する前の六月十二日、内閣総理大臣西園寺公望から、自宅（駿河台）で文学を語り食事を共にしようという招待状が届いたのだ。招待されたのは、以下のように明治文学史を彩る文士達である。

坪内逍遙、幸田露伴、森鷗外、泉鏡花、巌谷小波、島崎藤村、田山花袋、徳田秋声、川上眉山、広津柳浪、二葉亭四迷、夏目漱石、小栗風葉、中村春葉、後藤宙外、小杉天外、大町桂月、内田魯庵、塚原渋柿園、国木田独歩

この二十人のうち、坪内逍遙と二葉亭四迷は辞退し、漱石は次の一句を添えて断りの返事を出した。

　時鳥厠半ばに出かねたり

（明40・6　俳句番号1932）

初めてこの句を読んだ時、私はあまりに痛烈すぎるので、漱石の周囲の反応を調べてみた。寺田寅彦は西園寺にたいする嫌みと言い、小宮豊隆は皮肉ではないと反論したらしい。[3]

時鳥は、古来、初夏の風物として多くの和歌、俳句、物語に詠み込まれているらしい。また、「鳴いて血を吐く時鳥」と、当時不治の病であった結核患者を指す巷の隠語だった。正岡子規は、「卯の花をめがけてきたか時鳥」「卯の花の散るまで鳴くか時鳥」などの句を作った。卯年生まれの子規は「卯の花」を自分に、「時鳥」を結核に喩えて、いかにも風流な花鳥風月の句を装い、病状の深刻さを韜晦している。なにしろ、死に至る病に罹患したのだ。しかし、子規の生きる背骨は健全だった。怒濤の如く進行する西洋化の中で、恐らく命脈が尽きると予想された俳句と共に生き心中しようと覚悟し、以後、ホトトギスの意の漢語的表現である「子規」と号する。

今のところ、漱石の最初の俳句は、「帰らふと泣かずに笑へ時鳥」（明22・5、正岡常規宛書簡）で、友が結核と分かった際、「不如帰」（帰るに如かず）を砕いて励ましたのである。

徳冨蘆花『不如帰《ほとゝぎす》』（「国民新聞」連載　明31〜32）が、大評判になり新派悲劇の代表作となったくらい、「不如帰」という表記は人口に膾炙していたのだろう。のちに子規が主催する俳句雑誌は「ホトトギス」で、時鳥には他に、うづきどり、夕影鳥、夜《よ》直鳥《ただどり》などの名もある。夏の季語で、夜直鳥という名は、夜もすがら心外な事ばかりで疲れ、心が閉ざされる状態であるという、暗い未来を暗示する。

若き日、自由民権運動の弁士として登場し、政治家を目指していた子規は、日本が、二本足で世界を歩めるかと、もう起き上がることもできない病床六尺の世界で心配していた。そんな子規の在り方が、この漱石の句の、「時鳥」という言葉には、二十年の歳月を貫いて十分染みこんでいるように思える。

また、「ホトトギスをトイレで聞くのは禍《わざわい》があるという迷信が江戸時代の人たちには残っていたのではないだろうか」という指摘がある。(4)

起源は中唐、段成式『酉陽雑俎《ゆうようざつそ》』という事典の「杜鵑《とけん》」の項に「厠《かわや》でその声を聴いた者は、不吉である」とあり、平安時代に伝わったらしい。江戸時代では芋畑で聞くと福という迷信に変化し、高貴な家のトイレには芋を植えた鉢を置くようになった（鈴木忠侯『一挙博覧』一八〇七）というのである。つまり、この西園寺に宛てた漱石の句は不吉なことが起こるという予告で、事実その予告はピタリと当たる。

ほぼ、一年後の明治四十一年六月二十二日に、赤旗事件が起きた。荒畑寒村らが、山口孤剣出獄歓迎会で、無政府共産の赤旗を掲げ、警官と衝突、逮捕されている。山口孤剣（明16〜大9）は明治期の社会主義者で、平民社に参加し、「平民新聞」や社会主義書籍を赤い箱車に積んで伝道行商を行い、三十九年、東京市電値上げ反対事件や筆禍事件などで入獄していた。この三十九年八月十二日、漱石は次のような手紙を書き送っている。

> 都新聞のきりぬきわざ〳〵御送被下難有存候電車の値上には行列に加らざるも賛成なれば一向差し支無之候。小生もある点に於て社界《ママ》主義故《ゆえ》堺枯川氏と同列に加はりと新聞に出ても毫も驚ろく事無之候（後略）
>
> （深田康算宛　書簡番号628）

八月十一日付「都新聞」の「電車賃値上反対行列」記事中に「行列の一行は（中略）総数を十人と限り、堺枯川（中略）外四名と、堺氏の細君、夏目（漱石）氏の細君是に加はり（後略）」とあり、「きりぬき」はこの記事のことと思われる。(5) この手紙で驚くのは、鏡子がデモに参加したことと、漱石が「社界主義」者であると書き送っていることだ。「社界主義」という表記は北村透谷の著作にも見出すことができる。当時の元老政治への漱石の反抗的な気分が鏡子にも伝染していたのだろう。

この運動を受けて、社会主義者の取り締まりが不完全と、くだんの文士会を呼びかけた西園寺の首相更迭を上奏したのが山縣有朋で、その後、再度、四十一年六月、内相の原敬が同様のことを上奏し、それを受けて西園寺内閣（第一次）は総辞職し、七月第二次桂太郎内閣が成立した。桂太郎は、山縣有朋の腰巾着のような男である。

明治憲法下では、首相は元老の推薦に基づいて天皇により指名された。国民と議会を無視して、首相の首のすげかえも一存で決定できた、元老山縣有朋の長州パワーは無敵だった。

その山縣を筆頭に歴代三首相を登場させて、諷刺したのが『坊っちゃん』（明39・4）だと、赤木昭夫『漱石のこころ――その哲学と文学』（岩波新書、二〇一六・十二）は看破する。校長の狸が山縣有朋、教頭の赤シャツが西園寺公望、図学教師の野だ（野太鼓）が桂太郎だというのである。「桂にできるのは山縣の機嫌取りだけと世間から見下されていた」らしい。

西園寺は、生活に困窮していた国木田独歩を、駿河台の邸宅に寄食（明34・11～35・1）させていたほどの文学好きである。赤シャツが「帝国文学」を愛読していることで推測される。

『坊っちゃん』は、日露戦争（明37～38）後の不安定な政情の中、二週間程で一気に書き上げられている。

明治三十八年九月五日の日露講和条約の内容が事前に漏れ、三日大阪で講和反対市民大会が開催され、以降五日東京・日比谷で講和反対国民大会の後、政府系新聞社や交番などが焼打ちにあい、七日神戸で、十二日横浜でも焼打ちが行われ各地で暴動が起こり、戒厳令下（9・6～11・29）となる。その二カ月前の七月十一日には、兵庫県の塩田人夫三千六百人余が特別手当減額に反対して同盟罷業、世間では不穏な雰囲気が醸成されていた。翌三十九年の三月十五日、市電値上げ反対の市民千六百人余が、日比谷公園に集結、有楽町の街鉄切符発売所を襲撃、軍隊、騎馬巡査出動(6)。

『坊っちゃん』が書き始められたのは、その二日後の三月十七日頃からで、三月末に脱稿して、「ホトトギス」の四月号に掲載された。

同年一月「帝国文学」発表の「趣味の遺伝」には次のような文が載っている。

世間には諷語《ふうご》と云ふがある。諷語は皆表裏二面の意義を有して居る。（中略）滑稽の裏には真面目がくつ付いて居る。大笑の奥には熱涙が潜んで居る。雑談《じょうだん》の底には、啾々《しゅうしゅう》たる鬼哭が聞える。

痛快で滑稽な小説『坊っちゃん』の裏には、実は漱石の「熱涙」が滲み「啾々たる鬼哭が聞え」ているのである。

注

1　荒正人『増補改訂　漱石研究年表』集英社、一九八四・六

2 高橋和巳「知識人の苦悩―夏目漱石」『高橋和巳全集13』河出書房新社、一九七八・五
3 注1に同じ。
4 山口謠司『となりの漱石』ディスカヴァートゥエンティワン、二〇一五・十
5 紅野敏郎が『漱石全集　第二十二巻』(岩波書店、一九九六・三)で松尾尊兊『大正デモクラシーの群像』(岩波書店、一九九〇・九)から引用して注解。
6 『近代日本総合年表　第二版』岩波書店、一九八四・七

狂う人・漱石

漱石こぼれ話　6

1

漱石は明治二十四年に、こんな手紙を子規宛に送っている。

> 狂なるかな狂なるかな僕狂にくみせん（中略）僕既に狂なる能はず甘んじて蓄音器となり来る廿二日午前九時より文科大学哲学教場に於て団十郎の仮色《こわいろ》おつと陳腐漢の囈語《げいご》を吐き出さんとす蓄音器となる事今が始めてにあらず（中略）情けなや何の果報ぞ自ら好んでか丶る器械となりはてたる事よ行く先きも案じられ年来の望みも烟りとなりぬ（後略）
>
> （明24・4　書簡番号15）

「囈語」とは「たわごと、ねごと」の意味であるが、ここは英語のことで、大学のゼミでの英語発表を「蓄音器」というメタファーでからかい、「狂」という創造的行為に反し西洋人の言葉の真似をして人生を過ごす甲斐性なしであると自嘲しているのである。

「狂」という言葉には時代による揺らぎがあって、当時はまだ今日でいう狂気や精神疾患というニュアンスがなく、代わりに神経（神経病）という言葉がその代替をしていたのだろう。山縣有朋は一時「狂助」と名乗っていた。幕末の志士たちは、幕藩体制を転覆し、攘夷を決行しようという到底出来そうにも無いことに命を懸けていた。それを「狂」と呼んで、彼等の間で流行っていた言葉と考えていい。そこには、精神疾患に限定されない「狂」という言葉の幕末〜明治期における揺れが示されている。

以下は明治二十二年九月、表紙に漱石頑夫と署名して、子規に送った「木屑録《ぼくせつろく》」から、末尾の七言律詩（漢詩番号31）の首聯である。(1)

〔其十四〕

自嘲書木屑録後　　自嘲、木屑録の後に書《しる》す

白眼甘期与世疎　　白眼甘んじて期す　世と疎なるを

狂愚亦懶買嘉誉　　狂愚亦た懶《もの》うし　嘉誉を買うに

拙訳

世の中とは疎遠となることが好ましく
狂愚に徹して世の誉れを買うような物憂いことはしない

ここには文明開化する世間からは距離をとり、狂愚によって世間に対峙して生きようとする頑固な金之助の姿勢が見える。「狂愚」は、晩年の「大愚」という悟りに通底するのだが、この子規宛の手紙では英文学を専攻した悔いと違和感を述べ、将来を悲観している。

飯田利行『漱石詩集譯』（国書刊行会、一九七六・六）によると、漱石は、「少年時代より漢文が飯より好きであったと、伝えられてい」た。頼山陽より、荻生徂徠の文章に傾倒していた。少年の頃（二松学舎時代の十四〜十五歳）、湯島聖堂の図書館へ通って写本でしか伝わっていない徂徠の、「蘐園十筆《けんえんじつぴつ》」を「無暗に写し取つ」ていたと『思ひ出す事など』（六）に書いている。

また、先に引用した「木屑録」の序では「余、児たりし時、唐宋の数千言を誦し、喜んで文章を作為《つく》」り、「遂に文を以て身を立つるに意有り」と漢学者を志していたことを回想している。

漱石はローマ字を蟹這《かにはい》文字といった。これは蟹が目を突き出し、泡を吐きながら横ざまに

這うスペリングを連想しての呼称だが、後に漱石は、このぶざまな文字をみていると、虫酸が走ると言い出した。（飯田前掲書）

漢字への深い親炙とローマ字への生理的嫌悪が、少年金之助の美的感性として形成されていたことを物語る。

しかし、「時世一変、余、蟹行の書を挟んで郷校に上《のぼ》」（「木屑録」序）り、英文学を専攻することとなった。(2) そういう自分に納得できなかったのか、二十三年九月、子規に送った「送友到元函根」三首のうち［其三］（漢詩46）では次のように悲嘆にくれている。

客中送客暗愁微　　客中に客を送りて暗愁微《び》なり
秋入函山露満衣　　秋は函山に入りて露は衣に満つ
為我願言相識士　　我が為めに願わくは相識の士に言え
狂生出国不知帰　　狂生は国を出でて帰るを知らずと

二十日間程、小田原、湯本温泉、芦の湖、箱根関所跡に遊んだ後、元箱根まで友人を送った際の漢詩である。三首とも七言絶句、韻もそろって「微《ビ》・衣《イ》・帰《キ》」なので、漢字に戯れている雰囲気もあるが、起句「暗愁」とは「そこはかとない、説明しにくい愁い」（一海知義注）、結句の「狂生」とは、「きちがい書生」（吉川幸次郎注）の意で、漱石頑夫にも通じる。頑固に文明開化に抗い、近代化していく日本を捨てて行方不詳になりたいという自己表明だ。

二十三年八月初めから翌年まで厭世的気分に陥り、「暗愁」に囚われ常軌を逸したような「狂生」という意識の発生を、以下の子規宛の手紙から推測してみたい。

爾後眼病兎角よろしからず其がため書籍も筆硯も悉皆放抛の有様（中略）此頃は何となく浮世がいやになりどう考へても考へ直してもいやで〳〵立ち切れず去りとて自殺する程の勇気もなきは矢張り人間らしき所が幾分かあるせいならんか　（明23・8・9　書簡13）

一つは眼病、もう一つは厭世感だが、好きな漢文学を捨て嫌悪感のある英文学を専攻することへの不安の方が大きかったのではないだろうか。なにしろ翌九月十日帝国大学入学式が挙行され、漱石は文科大学英文学科に入学し、文部省貸費生（年額八十五円）となったのだから。それから八カ月後が冒頭の子規宛の手紙（書簡15）なのである。そこからは英文学を専攻した漱石の強烈な違和感が推し量られる。漱石にとって英文学は範として受け入れられる自明のことではなかったのである。

英国留学前にはこんな俳句も作っている。

岩にたゞ果敢なき蠣の思ひ哉　（明28　俳句番号415）

恋句を装いながら、「蠣」は寡黙な自分が、英文学という「岩」にどこから取り付いたらいいか分からない状態をメタファーとして俳句にしたと言えよう。周知のように、文学を漢文学の左国史漢や唐宋の数千言から学んだ者にとって、英文学は異質な「岩」の如きものではなかったか。東京帝国大学文科大学英文学科大学院の日本最初の卒業生は、途方にくれる心情を親友子規の発明した俳句という器に盛ったのである。

しかし一方で、恋句という解釈もあり得る訳で、明治二十八年、失恋のためかどうだか原因は今もってはっきりしないが、漱石は高等師範学校と東京専門学校の臨時教員を辞して愛媛県尋常中学校（松山中学校）に赴任した。校長・教頭の月給が六十円で漱石は八十円[3]、外国人教師並みで、留学費用を貯めるつもりであったと言う説があるが、すぐに遣いきっていたようだ。この時期、漱石は結構放蕩したのではないかと私は推測している。こんな句がある。

放蕩病に臥して見舞を呉れといふ　一句

酒に女御意に召さずば花に月　268

恋をする猫もあるべし帰花　343（「猫」とは芸者のこと・筆者注）

吾も亦衣更へて見ん帰花　345（「衣更」は同衾の隠語・同前）

「結婚、放蕩、読書三の者其一を択むにあらざれば大抵の人は田舎に辛防《ママ》は出来ぬ事と存候」（明28・5・26　書簡59）と、子規に愚痴をこぼしている。

しかし、東京から松山への赴任は、いわば神経衰弱故の「狂」といえるかもしれない。次の三句は自滅にも近く、愚陀仏の俳号で詠んだものである。

河豚汁や死んだ夢見る夜もあり　366

悼亡　［一句］

夕日寒く紫の雲崩れけり　367

悼亡　一句

亡骸に冷え尽したる煖甫哉　368（「煖甫」は湯たんぽ・全集の注より）

二句目、三句目の前書がどのような人の死を哀悼したものか分からない。三句続けて読むと自分の死を織り込んだ虚構句ととれなくもない。夕日が沈み寒々として、遠く紫の雲が崩れていくという傷心の時間の経過が寂しさをしみじみ感じさせる。三句目は「亡骸」となっても誰も発見してくれる人もなく、次の日の朝まではまだ温かい湯たんぽも、冷え尽くしているという孤独死を連想させる。

2

昨年、私は「『道草』の不思議」と題して漱石の養子体験を核にした『道草』論[4]を書いたが、その際、漱石が英国嫌いになった原因の一つとして、過去の養子体験から引きずっていた養父との関係がだぶっていたのではないかと推側した。養子体験が英国体験とリンクしたのではないかと恐る恐る書いたのだったが、こんどパラパラと漱石全集を読んでいて漱石自身が次のように表現しているのに出合った。

余が現在の頭を支配し余が将来の仕事に影響するものは残念ながら、わが祖先のもたした過去でなくつて、却て異人種の海の向ふから持つて来てくれた思想である。一日余は余の書斎に坐つて、四方に並べてある書棚を見渡して、其中に詰まつてゐる金文字の名前が悉く西洋語であるのに気が付いて驚いた事がある。今迄は此五彩の眩ゆいうちに身を置いて、少しは得意であつたが、気が付いて見ると、是等は皆異国産の思想を青く綴ぢたり赤く綴ぢたりしたもの丶みである。単に所有と云ふ点から云へば聊か富といふ念も起るが、それは親の遺産を受け継いだ富ではなくつて、他人の家へ養子に行つて、知らぬものから得た財産である。自由に利用するのは養子の権利かも知れないが、こんなもの、御蔭を蒙るのは一人前の男としては気が利かな過ぎると思ふと、有り余る本を四方に積みながら非常に意気地のない心持がした。

（「東洋美術図譜」[5] 明43・1・5）

つまり、留学を含めた西洋体験を幼児期の養子体験と重ねているのだ。

そういう見地から、『夢十夜』の「第三夜」を考えてみると、この子捨て話は日本の怪談から想を得たという説もあるが、中世末のキリスト教美術の主題として有名であった「聖アントニウスの誘惑」から着想されたのではないかとも思えてきた。それは聖アントニウスが美女や悪魔と闘いながら誘惑されずに信仰を守るというものだが、その怪物の一つが幼児なのである。聖アントニウスが幼児をおぶって河を渡ろうとするのだが、途中で背中のその幼児が石のように重くなり、河の中で立ち往生をしてしまうというのがある。このテーマは繰り返して描かれたようで、過日、兵庫県立美術館「ベルギー奇想の系譜」展（二〇一七・五〜七）では、八枚も展示してあった。一枚だけ、幼児がイエスになったのもあった。ブリューゲル（父）もボス（模倣画）も描いている。

漱石の幼児期の養子体験においては、「自然」が金之助に養母の偽の母性を嗅ぎ付けさせ、養父母の夜毎の喧嘩を嫌悪させた。『道草』（四十三）には次のようにある。

道理も理非も持たない彼に、自然はたゞそれを嫌ふやうに教へたのである。

幼児期の金之助に「自然」が「嫌悪」を教えたように、英国留学時の漱石は、西洋文明の「神髄」をつかんでこんなことを書いている。

今ノ文化ハ金デ買ヘル文化ナリ金デ買ヘル文化ガ最モヨキ文化ナルカ若シ然ラズンバ日本ガ万事ニ於テ西洋ヲ崇拝スルハ愚ナリ　（明34　断片一一）

この「断片」は、私には現在のグローバリズム（市場経済至上主義）まで視野に入れたものとも思えるところがある。

今、経済的格差が拡大し、富者は益々富み、貧者は最後は乞食になり果てるしかはないという、まさに中世の貴族社会のような時代が到来しつつある。なんとかならないだろうかと切歯扼腕する日々をすごしながら、私は『此岸の船』（二〇一七・六）という詩集を上梓した。冒頭の詩題は「第三次世界大戦」である。こんど、戦争が起れば「国破れて山河無し」である。ロシアによるクリミア半島併合で起ったウクライナ紛争で、地下室で暮らすようになったウクライナのお婆さんがつぶやいていた。「この内戦は第二次世界大戦よりひどい」と。私はそんなお婆さんにはなりたくない。

注

1　訓読文、訳注は、一海知義『漱石全集　第十八巻』（岩波書店、一九九五・十）と吉川幸次郎『漱石詩注』（岩波新書、一九六七・五）を参考とした。

2　元来僕は漢学が好で随分興味を有つて漢籍は沢山読んだものである。今は英文学などをやつて居るが、其頃は英語と来たら大嫌ひで手に取るのも厭な様な気がした。兄が英語をやつて居たから家では少し宛教えられた（中略）考へて見ると漢籍許り読んで此の文明開化の世の中に漢学者になつた処が仕方なし（中略）兎に角大学へ入つて何か勉強しやうと決心した。（中略）殆んど一年許り一生懸命に英語を勉強した。（中略）其時は好な漢籍さへ一冊残らず売つて了ひ夢中になつて勉強したから、終にはだん〳〵分る様になつて其年（明治十七年）の夏は運よく大学予備門へ入ることが出来た。（中略）それに文学士で死んだ米山と云ふ男が（中略）僕の建築科に居るのを見て切りに忠告して呉れた。（中略）文学をやれ、文学ならば勉強次第で幾百年幾千年の後に伝へる可き大作が出来るぢやないか。と、米山は恁《か》う云ふのである。

（談話「落第」）

3　荒正人『増補改訂　漱石研究年表』集英社、一九八四・五

4　『イシバシ評論』（大阪大学国際日本学研究会、二〇一六・三）に掲載。

5　滝精一編纂『東洋美術図譜』（国華社、明42）を東京朝日新聞で紹介した記事から。

大学講師としての漱石

漱石こぼれ話　7

1

ここでは英国留学（明33・9〜明36・1）から帰国後の、教師としての漱石を考えていきたい。

明治三十六年四月、漱石は東京帝国大学文科大学講師に任命され、ジョージ・エリオット『サイラス・マーナー』講読（明36・4〜6）と「英文学概説」（明36・4〜38・6）を講義[1]した。帝大の年俸は八百円だったが、同時に第一高等学校英語嘱託（一週二十時間、年俸七百円）であった。明治三十七年九月からは、明治大学予科講師（一週四時間、月俸三十円）でもあった[2]。

小泉八雲の後を承けた東京帝国大学での漱石の授業の評判は悪かったらしい。当時漱石の講義を受けた学生の回想（金子健二『人間漱石』協同出版、昭31・4）があるが、「夏目金之助とかいふ『ホトトギス』寄稿の田舎高等学校教授あがりの先生」という表現からそれがうかがわれる。

小泉八雲の授業は、ヴィクトリア朝後期の詩人（テニソンやスウィンバーン）を読み上げ、その詩の世界に浸るものだったらしい。そんなハーンは学生たちに圧倒的に人気があったが、同僚の教師たちは不快に思っていた。なぜかというと、ハーンは日本国籍を取得（於神戸）し、日本人を妻とし小泉八雲と名乗っていたにもかかわらず、その月俸がお雇い外国人並みの四百円で、日本人教員（二百円）の二倍であったからだ。ハーンと同じ外国人教師たちも、学歴がなくキリスト教徒でもない彼に親しみを感じ難かった。

そういう中での突然の雇止めだったのである。ハーンを敬愛する学生たちは留任運動を始めた。そんな明治三十六年四月二十日、後任の漱石が教壇に立った。ハーンの後任ということで、すでに反感を持って学生達に迎えられたのである。

その時の教室の雰囲気を、後年漱石は次のように振り返っている。

教室内見渡す所、或者は頬杖をしたまゝに新しい講義者の講義を聞き流さうとした、或者はペンを執ることさへなくて居眠りに最初の幾時間を過した。(3)

そんな経験をしたことのある私は、いかに教師として居心地が悪いかがよく分かる。教壇を右往左往しながら消え入りたいような気持ちになるのだ。カイザー型の髭で高いカラー（高襟党と自称）をつけ瀟洒な洋服姿で蝙蝠傘を持って英国紳士風に登壇した漱石も、気の滅入ることだっただろう。
それに、ハーンと違い漱石の場合は、学生にテキストを読ませて発音を訂正し、訳読させノートをとらせた。二時間の講義だが、休み時間なしの三時間に延長される場合もあったようだ。

夏目講師の『英文学概説』は日本語で講義されるのであるが、ヘルン先生の英語で講義された時よりも遙かにノートをとるのに骨が折れた。（金子前掲書）

学生の筆記道具は付けペンで、すぐボロボロになる。筆の学生もいただろう。鉛筆と消しゴムがまだ普及しておらず、替えペンとインク壺持参の学生も気の毒だが、「大分不評判」（菅虎雄宛、明36・5・21　書簡番号272）という授業を三時間、試験（時間無制限）にいたっては五時間もやる漱石の方もさぞかし、くたびれたことだろう。
鉛筆と消しゴムは当然、帝国大学生にはまだ普及していなかったので、付けペンでノートを取るのに骨が折れたのだ。その頃はガリ版もコピーもなく、試験に備えてノートに頼る他なかったのだから、学生も必死だっただろう。金子健二は次のように回想している。

午後夏目講師の時間に出席す。いつも二時間乃至三時間もぶつ通しに筆記がつゞくので英

文科生は皆夏目先生の授業に辟易してゐる。（金子前掲書）

講義「英文学概説」とともに後に『文学論』に纏められる「英文学形式論」は、全集（四六判）で百ページあり、十回の講義だから、一回が十ページ分という内容なのだ。漱石は、「蝿の頭の細字」（『道草』）の一～二枚を出して講義を始めたそうだが、[4]この細字も付けペンで書かれたものだったろう。

漱石は学生の分かりにくさを先取りしながら「文学とは何か」という自分の立てた問いに応えていかざるを得なかった。

後に鏡子は、この時期、夫の神経衰弱が目立って悪くなったと回想している。

漱石は水彩画を描き、

無人島の天子とならば涼しかろ　（明36・3　俳句番号1833）

能もなき教師とならんあら涼し　（明36・6　同1841）

と自棄的な俳句を作句している。

菅虎雄宛の手紙に「高等学校ハスキダ大学ハやメル積ダ」（明36・6・14）と書き送り、三十六年七月には、妊娠中であった鏡子と別居した。当時家庭でどんなであったかを、長女筆子が次のように語っている。

母がしょっちゅう書斎によばれていっては、髪ふり乱して泣きながら廊下を走って出てくるのを、わたくし覚えております。

（座談会「夏目漱石の長女」『銀座百店』二五四号　昭51・1・1）[5]

大学での講義の評判や、学生の試験の結果は極めて悪く、大学を辞めたいと東京帝国大学文科大学長井上哲次郎に申し出ているが、引き留められている（明36・6推定）。漱石の神経衰弱の原因の一つは、このような大学での漱石の立ち位置の悪さであっただろうが、後年『道草』（大4・6〜9）に描かれる養父塩原昌之助の出現も関係しているかもしれない[6]。六月から、鏡子が呉秀三の診断を仰いで病気であると納得し帰ってくる九月までが、漱石の神経衰弱の底だったと考えていいだろう。次のような手紙が夫婦の緊迫感を伝えている。

愚妻先日より又帰宅致居候大なる腹をかゝへて起居自在ならず

（菅虎雄宛、明36・9・14　書簡287）

当時は九月に新学期が始まった。ところが新学期の「マクベス」の講義（明36・9〜37・2）の評判は良く、一番広い大教室なのに「聴講生で立錐の余地が無い程満員札止めの好景気」（金子前掲書）であったという。川上音二郎・貞奴のシェークスピア物の上演と、坪内逍遙のシェークスピア講義の評判などが相乗効果を生み出したらしい。それに、第一高等学校や第五高等学校の教え子が進学してきて受講生になっていた。理科の学生も聴きにきていた。

その講義は学生間の遊びも生み出した。漱石のカイゼル式の髭、カフス、ハンケチなどを冷かした匿名の葉書を、「マクベス」の時間に面白いからと読み上げたりもしていて、かなり肩の力が抜け、自分を客観視し始めていたことがうかがわれる。

果ては沙翁の文章の批評にも及んで、この metaphor は巧いとか拙いとか、この書き方はい﹅とか悪いとか、聴いて居ると実に歯切れがよくて面白い、沙翁も驚嘆してゐると見えて、つい過日も、文科大学にて夏目金之助様、六道の辻にて Shakespeare 拝とした端書が舞込んで、大分泣き言が並べてあつたそうな。

（布施知足「漱石先生の沙翁講義振り」『英語青年』大5・6）

「六道の辻」とは死後に人の魂が裁きを受けねばならないところのことで、つまり、あの世からシェークスピアが「そんなに批評しないでくれ」と葉書を寄越したという設定なのだ。

「十八世紀英文学」の講義の際は「青い顔をして大きなため息をついたり、指をなめては教卓の上に字をなぞるような行為をして学生を心配させ[7]」ていた漱石であったが、「マクベス」の講義からは「満員札止め」の大評判になっていた。なにしろ、「英文学概説」の講義でも「いちばん大きい教室に学生が入りきれなくて、框《かまち》にぶら下って聞いているのもいた[8]」というのだから。次の学期の「リア王」（明37・2〜11）の講義については以下のようであった。

『マクベス』以上の大入繁盛札止め景気であった。文科大学は夏目先生たゞ一人で持つて居らるゝやうに感じた。すばらしい景気だ。（金子前掲書）

この時期、漱石は英詩、連句、俳体詩、新体詩を制作している。これらが処女作『吾輩は猫である』の創作の契機となったとの説もある。新体詩「従軍行」（『帝国文学』掲載、明37・5）については、英文科の学生が「こんな拙いものを書かれては我等英文科の名誉を汚がす」と酷評したらしい（金子前掲書）。確かに時流に乗ったものではあるが、弱々しい感じの行軍詩である。にもかかわらず、漱石は教師としての位置の確かさを得たのである。

この世界のなかで自分の居場所を知るのはキツイものだ。（ポール・ニザン　小野正嗣訳）

「キツイ」ことに耐えて、ひとまず居場所を確保したことは、神経衰弱からの回復に大きく繋がっただろう。だが、この居場所は不安定なものだった。

明治三十年に京都帝国大学が設置され、明治三十九年漱石の友人狩野亨吉《かのうこうきち》が、新設された初代文科大学長になった。それで漱石を招聘しようとしたところ、断りの手紙（明39・7・10書簡601）を出すが、九日後には、次のような手紙を送っている。

東京大学の方別段小生の出講を要せざる事に相成、其上高等学校の方もいつ迄も身分がかたまらぬ模様なれば今一応とくと熟考の上京都へ行くか行かぬかを取り極め度と存候

（明39・7・19　書簡605）

漱石は東京帝国大学と第一高等学校との兼任講師（嘱託）で、英国留学から帰国しても終身雇用ではない不安定な状態だった。故に京都帝国大学への就任も考えたいような返事を出している。

もし、京都へ赴任していたら、英文学教授・夏目金之助が誕生したのだろうか。日本文学の雰囲気もかなり変わっていたかもしれない。関西人漱石では、ベランメー口調の『坊っちゃん』は成立していなかっただろう。

この小説の成立には、次の談話記事にあるように文体から発想したという推測もありうる。

スチーヴンソンの『アラビアンナイト、エンターテイメント』[9]です、之から思ひ付たんです、第一人称で書《かい》て英語も大部変つてゐる、此に習ふならベランメー言葉でなくちや可《い》けない、（中略）調子を学んだといへば言ふんです、

（「『坊《ぼッ》ちやん』の著者」「国民新聞」明39・8・31）

また、東京帝国大学での状況（大学から嘱託された英語学試験委員を漱石が断ったことで紛糾）が深く関わっているという説もある。[10]

この年、漱石の文名は高まっていた。『坊っちゃん』（明39・4）『吾輩は猫である』第十一章（明39・8）を書き終え、『漾虚集』（明39・5）を出し『草枕』（明39・9）を執筆した。『草枕』は「新小説」九月号（九月一日発行）に掲載され発行部数五千部内外、八月二十九日には売り切れ、広告を出す暇もなかった。[11]

そんな中、漱石は教え子の中川芳太郎にこんな手紙を送っている。

天下は君の考ふる如く恐るべきものにあらず、存外太平なるものなり。只一箇所の地位が出来るか出来ぬ位にて天下は恐ろしくなるべきものにあらず。どこ迄行つても恐るべきものにあらず。免職と増給以外に人生の目的なくんば天下は或は恐ろしきものかも知れず。

天下の士、一代の学者はそれ以上に恐ろしき理由を口にせずんば恥辱なり
（明39・7・24　書簡610）

この手紙は自分自身に宛てたものでもあっただろう。「只一箇所の地位が出来るか出来ぬ位にて天下は恐ろしくなるべきものにあらず」は、地位の不安定な漱石の心境でもあった。その心細さを「天下の士、一代の学者」という言葉で自分を鼓舞している。はっきりと京都行きを断ったのは、六日後の七月三十日である。

拝啓先日御話し申上候京都大学件は一寸熟考致候へども一先づ見合せる事に可致候
（狩野亨吉宛　明39・7・30　書簡615）

2

昨年十月、漱石生誕百五十年と「京都漱石の会」創立十周年の節目ということで、漱石の孫の夏目房之介氏を京都に招いた講演会が催された。会場の「エクシブ京都　八瀬離宮ＢＡＲ」は、地下鉄国際会館で降りてさらにホテルの送迎バスで奥に行った比叡山の麓にあった。

漱石と孫は、やはり似ていた。房之介氏は中国で魯迅の孫に会うというテレビの企画に乗って中国に行った話をされ、「孫は魯迅によく似ていた」と締めくくられた。漱石と魯迅が似て

いるのだから、その孫たちも似ていたことだろう。

骨格が近いと声帯も似るということで、房之介氏は二松学舎大学のアンドロイドの声を吹き込んでおられるそうで、漱石の声だと思って聞いてくださいと言われた。胃弱、不安神経症などマイナスの部分ばかり受け継いだともこぼしておられた。父純一氏もそうだったらしい。房之介氏はある日、横断歩道を渡ろうとして、対面からやって来る人がことごとく自分の悪口をつぶやいているのに気付いて、ああこれだなと漱石の不安神経症を体験し、すぐに対応して事なきを得、安堵したとおっしゃっていた。

家庭ではＤＶ夫だったが、鏡子は漱石にぞっこん惚れていたらしいと房之介氏は付け加えられた。鏡子は実家から離婚してもいいと言われていたそうだ。鏡子の戸籍名はキヨで『坊っちゃん』の清なのだ。自分が守らなくては、誰が「神経衰弱で狂気[12]」の夫を守るのだという母親的な意識もあっただろう。

講演終了後の懇談ということで私は、房之介氏の『漫画論』と漱石の『文学論』は似ているのではないでしょうか、漫画も文学も当時は新興のジャンルで根源から分析していこうという姿勢はソックリで、そのような構造の頭脳を受け継いだのは素敵ではないですかと、質問してみた。房之介氏は、一度だけある哲学者から同じ指摘を受けたと答えられた。たしかに何の参考書もなく手探りでやるほかなかったですからとして、次のように続けられた。そう言えば『夢十夜』の第三夜の感じも同じでした、僕に男の子が生まれた時もあんな感じでした、とも。

漱石は、房之介氏の父純一氏が生まれ、成長するとフランス語を幼い頃からやった方がいいから暁星小学校に入れようとか、姉達とは違い子育てに真剣になったという。房之介氏は、自分も男児が生まれた時は非常に緊張し、重い気分だったと言われ、近藤ようこの漫画『夢十夜』の第三夜の子供を負ぶっている男が漱石に似ていると、指摘された。

最後に質問されたのは白髪の女性で、きちっとした着物姿と姿勢で堂々たる話し方であった。房之介氏も「貴女が講演された方が良かったですね」と驚かれていた。私の一人置いて隣りだったので、着物の着付けの良さと朗々たる声を身に染みて感じた。

祖父が漱石と大学で同じクラスで、『吾輩は猫である』初版を贈呈してもらい、今は自分が持っていると述べられ、続いてご自分の大叔父にあたる方の話をされた。

大叔父は留学したが、帰国の船がアデンに着く前に、国家に寄与するものを何も持って帰ることができないと、絶望して海に飛び込み自殺されたそうである。『夢十夜』の第七夜そのままのようなことが当時本当にあって二三人が帰国前に投身していたという。漱石の英国留学時の苦悩は特異なことではなく、国家を背負って留学しているという意識が明治一代目知識人には今の私達からは想像出来ないくらい強固であったのだ。そんな心性がない現代の私達には、やはり、一夜の夢としてしか受け取られないのであるが、第七夜に描かれていたことが当時の現実だったのには驚いた。老婦人が「大叔父はドボン組で」と口にされた際、私はビックリしたが、漱石が「ドボン組」でなくて良かったなあと、後でしみじみと思った。

最後に、漱石の英国留学前の心境の分かる漢詩[13]をみたい。俳句・漢詩創作が、「ドボン組」たることを阻止したのではないかと推測しているからだ。

無題　明治三十三年　　漢詩番号73

長風解纜古瀛洲
欲破滄溟掃暗愁
縹緲離懐憐野鶴
蹉跎宿志愧沙鷗
醉捫北斗三杯酒
笑指西天一葉舟
萬里蒼茫航路杳
烟波深処賦高秋

長風　纜《ともづな》を解く　古瀛洲《こえいしゅう》
滄溟《そうめい》を破らんと欲して　暗愁を掃《はら》う
縹緲《ひょうびょう》たる離懐《りかい》　野鶴《やかく》を憐れみ
蹉跎《さた》たる宿志　沙鷗《さおう》に愧《は》ず
酔うて北斗を捫《つか》む　三杯の酒
笑うて西天を指《ゆび》さす　一葉の舟
万里　蒼茫　航路杳《はる》かに
烟波《えんぱ》　深き処　高秋《こうしゅう》を賦《ふ》せん

（出典　イギリス留学先持参手帳）

拙訳

遠く吹き渡る風が纜を解き　その風に乗って私は日本を舟出する
大海原を乗り越えたいと　こころの愁いを掃いのける

離れゆく友との別れを悲しむばかりの自分から見れば　超然と野に立つ鶴に感動する
かねての志はつまづきがちで　砂原の鷗にも恥ずかしいばかり
しかし、舟上の酒に酔うと　北斗星をもつかまんとする勢い
笑ってヨーロッパの空を　ちっぽけな舟から指さす
青々と果てしなく広がる海　航路は遥か
海の底深くから湧き上がる波は靄に包まれているが　今、私は空高く晴れ渡った秋を詩に詠もう

「野鶴」には、

人 に 死 し 鶴 に 生 れ て 冴 返 る　（明30　俳句1066）

の句が響いているのではないだろうか。拙訳「人としては死んで、暗黒面をぎらつかす現実を篩い落としたい。そして真っ白い鶴に転生して寒の戻りのような冷たい大気の中で、魂は澄んでいく」。

「沙鷗」は、沙翁《しやおう》つまりシェークスピアに掛けてあるかもしれない。「宿志」を果たそうとして生死を懸けて大海原を進んでいる一葉の舟の孤影は寂しい。しかし、「文学とは何か」と

いうかねてからの問いを解こうとして漱石は大海原をひたすら進み、近代日本語と近代日本文学の基盤を形作ったのである。

注

1　『サイラス・マーナー』以降、『マクベス』（明36・9〜37・2）『リア王』（明37・2〜11）『ハムレット』（明37・12〜38・6）『テンペスト』（明38・9〜12）『オセロ』（明39・1〜10）『ベニスの商人』『ロミオとジュリエット』と、漱石は四年間で七つのShakespeare作品を講義、講読した。以上は、松岡美次『夏目漱石「沙翁」三題』（茨童書屋工房、二〇一八・五）による。なお、『漱石全集　第十四巻』（岩波書店、一九九五・八）の亀井俊介・出淵博の『文学論』注解によれば、この期の「英文学概説」（明36・9〜38・6）は『文学論』のもととなる。

2　明治三十九年の、東京帝国大学・第一高等学校・明治大学からの収入は千八百六十円（荒正人『増補改訂　漱石研究年表』集英社、一九八四・五）。

3　漱石述・皆川正禧編『英文学形式論』「はしがき」岩波書店、大13・9

4　野上豊一郎の回想によれば、「草稿といふのはアヒ版の洋罫紙に、釘の頭で突いたやうな細字を、始から終まで隙間なく、行にも何んにも関係なしに並べた奴を、毎日一二枚づつ持つて来られた」（「大学講師時代の夏目先生」一九二八、アヒ版はA４判）。

5 荒正人『増補改訂　漱石研究年表』集英社、一九八四・五

6 拙論「『道草』の不思議」（『イシバシ評論』大阪大学国際日本学研究会、二〇一六・三、所収）で論じた。

7 川島幸希『英語教師　夏目漱石』新潮選書、二〇〇〇・四

8 吉川幸次郎発言「座談会　漱石・作品・学問」（出席者　中野重治、吉川幸次郎、中野好夫）『図書　漱石特集号』岩波書店、一九六五・十二

9 「スチーブンソンの『アラビアンナイト、エンターテイメント』です」は「R・L・スティーブンソンの Island Nights' Entertainments（島の夜話）,1893 の聞き誤り」という指摘がある。

10 注5に同じ。

11 夏目伸六『父・夏目漱石』文藝春秋、一九六四・一

12 『文学論』自序（明治39・11）に夏目金之助と署名し次のように書き付けている。「英国人は余を目して神経衰弱と云へり。ある日本人は書を本国に致して余を狂気なりと云へる由。（中略）親戚のものすら、之を是認するに似たり。（中略）たゞ神経衰弱にして狂人なるが為め、「猫」を草し「漾虚集」を出し、又「鶉籠」を公けにするを得たりと思へば、余は此神経衰弱と狂気とに対して深く感謝の意を表するの至当なるを信ず。（後略）」

13 訓読文は、吉川幸次郎『漱石詩注』（岩波新書、一九六七・五）と一海知義『漱石全集　第十八巻』（岩波書店、一九九五・十）を参考とした。

修善寺の漱石

漱石こぼれ話　8

明治四十三年の夏、漱石は生死の瀬戸際にいた。三十分の臨死を体験した修善寺の大患である。日記から引用する。

八月十二日、六日から静養に行っていた修善寺の旅館で黄色っぽく黒い「胆汁と酸液を一升程吐い」た。

夢の如く生死の中程に日を送る　八月十二日

苦痛一字を書く能はず　八月十五日、十六日

氷と牛乳のみで数日、それに重湯を加えて命を支え、十七日、真っ黒な「熊の胆の如きもの」を金盥一杯吐いた。

又吐血、夫から氷で冷す。安静療法。硝酸銀　　八月十九日

二十四日、午後八時三十分、大吐血し鏡子の浴衣の胸から下にかけて紅に染まった。その後三十分間は人事不省である。さりながら、離魂の感覚がなく、生と死がピタリとくっつき、吐血後安静を得たといっている。しかし、三十分は死の側にあり、十五本のカンフル剤を打って生の側に戻ってきていたのである。

二十五日には、午前五時五十分新橋発の一番列車で夏目直矩《なおかた》らの親族・子供達（筆子、恒子、栄子）や高浜虚子らが駆けつける。池辺三山、安倍能成、大塚保治も来ている。

小康状態になって見舞金で買った羽毛蒲団にくるまり、みぞおちの上に小さい氷嚢をぶら下げていたが、九月七日にはアイスクリームを食べ、八日には俳句を作るようになった。

この病余期（明43・8〜44・2）に七十三句[1]作っている。明治二十八年四百六十二句、二十九年四百九十九句、三十年〜三十三年の七百句には到底及ばないが、漱石にとっても近代俳句にとっても、この七十三句は稀有の俳句群である。

死の不気味さ（A）と生死間の宙吊り感覚（B）と命の息吹（C）が伝わってくる。作句する漱石の微弱な脈拍数が絶え絶えに聞こえ、甦りつつある命の一筋が、健気に俳句を裏打ちしている。（B）と日記（八月十二日）との距離は近い。それは死と生が紙一重であるということ

とを、三回の吐血体験で肉体化した創作活動ともいえる。一応健康である時の俳句とは違うことを、漱石は次のように書いている。

余は年来俳句に疎くなりまさつた者である。（中略）われは常住日夜共に生存競争裏に立つ悪戦の人である。仏語で形容すれば絶えず火宅の苦を受けて、夢の中でさへ焦々《いら〳〵》してゐる。（中略）何時《いつ》もどこかに間隙《すき》がある様な心持がして、隈も残さず心を引き包《くる》んで、詩と句の中に放り込む事が出来ない。それは歓楽を嫉《ねた》む実生活の鬼の影が風流に纏《まつは》る為かも知れず、又は句に熱し詩に狂するのあまり、却て句と詩に翻弄されて、いら〳〵すまじき風流にいらいらする結果かも知れないが（後略）

（『思ひ出す事など』五）

まず、俳句、漢詩を作らなくなった訳を述べている。「火宅」の人の句や詩には、「実生活の鬼の影」が、句作詩作という「風流」に纏わりつく。あるいは、句作詩作に熱中し過ぎて俳句・漢詩に弄ばれる感があり、逆にいらいらするからだと、冒頭において平時の創作活動の不安と苦痛に言及している。この「実生活の鬼の影」に邪魔されない病気の時の句作詩作について次に述べる。

所が病気をすると大分趣が違つて来る。病気の時には自分が一歩現実の世を離れた気になる。（中略）さうして健康の時にはとても望めない長閑《のど》かな春が其間から湧いて出る。此安らかな心が即ちわが句、わが詩である。（中略）病中に得た句と詩は、退屈を紛らすため、閑に強ひられた仕事ではない。実生活の圧迫を逃れたわが心が、本来の自由に跳ね返つて、むつちりとした余裕を得た時、油然《いうぜん》と漲ぎり浮かんだ天来の彩紋である。（後略）

（『思ひ出す事など』五）

「長閑《のどか》」(2)は、漱石が一番好きな言葉であった。『草枕』（明39・9）冒頭近くにも「あらゆる芸術の士は人の世を長閑にし、人の心を豊かにするが故に尊《たつ》とい」（一）とある。『草枕』は創作において「長閑」な春を現出し、「現実から離れた」心境で句や詩をくるむ「俳句的小説」(3)であった。それには、松山・熊本時代の奔放で自由闊達な徹底した作句活動があっただろう(4)。漱石の病余俳句は三度の大吐血で生死の間を彷徨った後、「病に生き還ると共に、心に生き還つ」（『思ひ出す事など』十九）て、作られた「天来の彩紋」と考えていい。

まずA（死の不気味さ）から解釈したい。

1　秋　風　や　唐　紅《からくれなゐ》　の　咽　喉　佛《のどぼとけ》　（「日記」明43・9・8　俳句番号2125）

この句には、漱石自身が次のような注解を書き留めている。

といふ句は寧ろ実況であるが、何だか殺気があつて含蓄が足りなくて、口に浮かんだ時から既に変な心持がした。（『思ひ出す事など』五）

この句から一番響いてくる言葉は「唐紅《からくれなゐ》」で、深紅の血の色に染まった漱石の咽喉仏と、その血に鏡子の浴衣も染められているという凄惨な情景が眼に浮かぶ。「殺気があ」るのは咽喉仏の仏という語尾である。松山・熊本時代の俳号・愚陀仏をふと想起させる。

看病をしていた鏡子は、夫の異常を感じ寄り添おうとして浴衣を血に染めた。鏡子は、「占師天狗に手紙で漱石の病状を伝え、卦を立てて、祈禱を依頼する。天狗から、易の結果誠に悪いから七日め毎に詳しい病状知らせるように(5)」と返事を貰っていた。占いを信じやすい鏡子のことだから、覚悟はあっただろう。

「三十分の死」の後、意識を取り戻した漱石が最初に目にしたものが、枕辺の「瀬戸引の金盥の中に、べつとり」「吐いてゐた」血だった。血は金盥の「白い底に大きな動物の肝の如くどろりと固まつてゐた」（『思ひ出す事など』十四）。実況であるが故に、その殺意が現存し漱石の意識を戦かせるので「変な気持ち」になったのだろう。「余が夜明迄生きやうとは、誰も期待して居なかつたのだ」（同十六）と後から聞く。臨死状態が三十分の長きにわたって続いたのである。周囲は漱石の命は明日切れるという切迫感の中にいた。殺気を帯びた鮮血が、いつまでも漱石の頭を離れなかったのは次の文章から分かる。

　余は今でも白い金盥の底に吐き出された血の色と恰好とを、あり〱とわが眼の前に思ひ浮べる事が出来る。況《ま》して其当分は寒天の様に固まり掛けた腥《なまぐさ》いものが常に眼先に散ら付いてゐた。　（『思ひ出す事など』十六）

1の句からは血の臭いがする。咄嗟に大量の血を吐き出したように、吐き出された言葉が今なお鮮烈で、他の追随を許さない。その印象の強さが、後に漢詩（十月三日作）を制作させることになったのだろう。

無題　明治四十三年十月三日　　漢詩番号84

淋漓絳血腹中文　　淋漓たる絳血《こうけつ》　腹中の文《ぶん》
嘔照黄昏漾綺紋　　嘔いて黄昏《こうこん》を照らして綺紋を漾《ただよ》わす
入夜空疑身是骨　　夜《よ》に入《い》りて空しく疑う身は是れ骨かと
臥牀如石夢寒雲　　臥床　石の如く　寒雲を夢む

（訓読文は吉川幸次郎『漱石詩注』より。注6として拙訳）

大吐血からほぼ一カ月余り後の漢詩で、深紅の血に「腹中の文」を見出そうとしているところは、自分の肉体と文学を結びつけているといえるだろう。第二句の、黄昏の斜めの光線が当たって、血の塊が美しい紋様をゆらゆらと浮かべるという表現からは、悽愴な美さえ感じられる。

2　秋風やひゞの入りたる胃の袋　（「日記」明43・9・14　俳句2131）

自分の内部を客観的に突き放し、ひびの入った「胃の袋」と表現し、哀しいアイロニーを漂わす句である。その一年後、また思い出す。

自分の胃にはひゞが入つた。自分の精神にもひゞが入つた様な気がする。如何となれば回復しがたき哀愁が思ひ出す度に起るからである。（「日記」明44・12・3）

ひな子（五女、二歳、同年十一月二十九日急死）の骨上げの日の日記だ。ひびの入った肉体に追い打ちをかけるように末っ子のひな子が急死し、精神にも「回復しがたき」ひびの入った漱石が浮かび上がる。

次に、B（生死間の宙吊り）の分類に入る以下の句について考えていきたい。

3　逝く人に留まる人に来る雁　（「日記」明43・10・12　俳句2204）

明治四十三年十月十一日の晩、修善寺から長与《ながよ》胃腸病院に帰った漱石は、具合が悪かったという病院長の容態を看護婦に聞いたところ、要領を得ない返事を受けた。この句は翌朝、妻から彼の逝去を聞いた後の句である。病院長・長与称吉は漱石文学の愛好者で、弟に漱石の遺体を解剖した東京帝国大学医科大学教授長与又郎と小説家長与善郎がいる。

余は不思議にも命の幅の縮まつて殆んど絹糸の如く細くなつた上を、漸く無難に通り越した。院長の死が一基の墓標で永く確められたとき、辛抱強く骨の上に絡み付いてゐて呉れた余の命の根は、辛うじて冷たい骨の周囲に、血の通ふ新しい細胞を営み初めた。

（『思ひ出す事など』二）

命の綱を踏み外した院長と「絹糸」程になった上を危うく渡り、なんとか越えた「余の命の根」を不思議に思い、その細い根によって細胞が蘇生し始めたという感慨にふけっている。「命根《めいこん》」は『道草』に再出するが、次の五言古詩が初めであろう。

無題　明治四十三年十月十六日　　漢詩91

縹緲玄黄外　　縹緲《ひょうびょう》たる玄黄《げんこう》の外
死生交謝時　　死生　交《こも》ごも謝する時
寄託冥然去　　寄託　冥然として去り
我心何所之　　我が心　何んの之《ゆ》く所ぞ
帰來覓命根　　帰来　命根を覓《もと》む
杳窅竟難知　　杳窅《ようよう》　竟《つい》に知り難し
（以下、略）　　（訓読文は吉川幸次郎『漱石詩注』より。注7として拙訳）

第三句「寄託冥然として去り」について、吉川幸次郎は次のように注釈している。

寄託は人間がよりかかって生きるものの意であること（中略）王羲之の「蘭亭序」に「夫《か》の人の相い与《とも》に一世に俯仰するは、或いは託する所に寄せて、形骸の外に放浪す」が、先生の心にあり、この語となったのであろう。（傍点はママ）

「命の根っこ、命の源、命の元、魂の元」（古井由吉）である「命根」が、半時間も「形骸」の外に彷徨っていたと知らされたのだ。五句目の「帰来」は、死の世界から生の世界に帰って来て「命根」を探すのだが、結局分からない。が、命根のお陰で生き返ったことは確かなのだ。誠に命根は繊細ということになるだろう。

漱石は八月二十四日の大吐血のあと、生死の境にあった。そのあいだ時間の経過を意識せず、意識が戻ったのは半時間のちである。あとで妻に聞かされ、驚いている。それから落ち着いた情調を感じて、句にしている。

4　秋の江に打ち込む杭の響かな　（「日記」明43・9・8　俳句2124）

4の句では、空想の「入江」に杭を打ち込む響きが遠くから聞こえてくる。この句に言及して漱石は次のように説明している。

是は生き返つてから約十日許《ばかり》して不図出来た句である。澄み渡る秋の空、広き江、遠くよりする杭の響、此三つの事相に相応した様な情調が当時絶えずわが微《かす》かなる頭の中を徂徠した事は未だに覚えて居る。

（『思ひ出す事など』五）

5　秋の空浅黄に澄めり杉に斧　（「日記」明43・9・12　俳句2127）

5の句の前に「仰臥不動の忍耐感心なり」と言葉を掛けられたと日記にあるので、仰向けで寝たきりのままであったのだ。眼には秋の空しかなく、聴覚が研ぎ澄まされている。5からは、薄い藍色の空が澄んでどこかで高い杉に鋭い斧を入れている響きが聞こえてくる。

両句とも、空想による南画の世界のようで、「心の耽《ふけ》り」（『思ひ出す事など』五）を表現したという漱石の心の落ち着き方を推し量ることができるだろう。九月二十日には南画集を買いたいが贅沢過ぎるかと鏡子に相談すると「御買いなさい」と応じている。病が夫婦の距離を縮め、優しい妻が表現されている。

以上が、A（死の不気味さ）とB（生と死の間の宙吊り）ということになろうが、Bの4・5は次のC（生の息吹）に繋がるだろう。「吾より云へば死にたくなし。只勿体なし」（「日記」明43・9・8）と率直な思いを書き付けた。

6　生き返るわれ嬉しさよ菊の秋　（「日記」明43・9・21　俳句2148）

7　生きて仰ぐ空の高さよ赤蜻蛉　（「日記」明43・9・24　俳句2155）

漱石は素直に生きる喜びを句にしている。6の句の前には「嬉しい。生を九仞に失つて命を一簣につなぎ得たるは嬉しい」と書き付けている。

８　竪に見て事珍らしや秋の山　（「日記」明43・9・26　俳句2162）

今まで仰向けで寝たきりだったので山もまた寝ていたのだが、起き上がって竪に見えると喜んでいる。８の句の前に、「始めて床の上に起き上りて坐りたる時、今迄横にのみ見たる世界が竪に見えて新らしき心地なり」とある。竪になった山を見て新しい気分になる漱石とは、少しの事に敏感に反応する病余期の俳句に通底するものだろう。

その繊細さは、内部にも向けられる。

９　甦へる我は夜長に少しづゝ　（「日記」明43・10・4　俳句2182）

10　骨の上に春滴るや粥の味　（同前　俳句2183）

10の句は「腸《はらわた》に春滴るや粥の味」と『思ひ出す事など』（二十六）で改作された。日記には９・10の両句に「残骸猶春を盛るに堪えたりと前書して」いる。

十月十一日、漱石は雨の中釣台に乗せられ、長与胃腸病院に帰る。

十二日の日記は「朝。食パン二片、牛乳一合、ソップ一合、玉子一個を食ふ。修善寺の倍にあたる」で始まる。何だか子規の日記『仰臥漫録』に似ている。
漱石の句はAからB、BからCに移行していき、AとBとCが三層になって心に積み上げられている。基調はB（生と死の宙吊り）であろう。Bが生と死の二層を意識的に抱え込んだというのが、修善寺の大患の深い影響ということになるだろう。この三層性の心を支え続けたのが「大空」である。

余は黙つて此空を見詰めるのを日課の様にした。何事もない、又何物もない此大空《おほぞら》は、其静かな影を傾むけて悉く余の心に映じた。さうして余の心にも何事もなかつた、又何物もなかつた。透明な二つのものがぴたりと合つた。合つて自分に残るのは、縹緲《ひょうびょう》とでも形容して可い気分であつた。

（『思ひ出す事など』二十）

大空と漱石の心がピタリと合った体験は漢詩にもなった。

無題　明治四十三年九月二十九日　漢詩81

仰臥人如唖　　仰臥　人　唖《おし》の如く
黙然見大空　　黙然　大空《たいくう》を見る
大空雲不動　　大空　雲動かず

終日杳相同　　終日　杳《はる》かに相い同じ
（訓読文は吉川幸次郎『漱石詩注』より。注8として拙訳）

この詩は、修善寺の郊外（現・修善寺公園）に詩碑として建てられたそうだ。漱石の気分を伝えるのに相応しい。この碑の裏面には友人の狩野亨吉の撰文が菅虎雄書で彫られている。(9) 一部を抜萃する。

漱石生死ノ間ニ彷徨シテ性命ノ機微ヲ捕捉シ知察雋《シユン》敏省悟透徹スルトコロアリ漱石ノ思想ノ転向躍進ヲ見タルハ亦実ニ此時ニアリトス　（昭8・4）

この評のように、自分がいつも見続けた大空との一体感が「天」を感じることとなり、「則天去私」という一語に結実したのだろう。『道草』（大4）の天からの視点の形成の核になったといえる。『行人』（明45〜大2）には、「死ぬか、気が違ふか、夫《それ》でなければ宗教に入るか」三つの道しかないという一郎が、出現する。漱石は自己の存在を究極まで追い詰めようとし、『こゝろ』（大3）の先生は自殺を選ぶ。確かに「思想ノ転向躍進」といえるだろう。

なお、漱石自身は生死の間をさすらったこの経験を、癲癇の持病を持つドストエフスキーが享けた不可解な歓喜に似る不思議として、この漢詩の前に綴っている。

魂が身体《からだ》を抜けると云つては既に語弊がある。霊が細かい神経の末端に迄行き亘《わた》つて、泥で出来た肉体の内部を、軽く清くすると共に、官能の実覚から杳《はる》かに遠からしめた状態であつた。余は余の周囲に何事が起りつゝあるかを自覚した。同時に其自覚が窈窕《ようちょう》として地の臭を帯びぬ一種特別のものであると云ふ事を知つた。床の下に水が廻《まわ》つて、自然と畳が浮き出すやうに、余の心は己の宿る身体と共に、蒲団から浮き上がつた。より適当に云へば、腰と肩と頭に触れる堅い蒲団が何処《どこ》かへ行つて仕舞つたのに、心と身体は元の位置に安く漂つて居た。

(『思ひ出す事など』二十)

現実離れして美しく奥深い「恍惚」とした体験を「幸福の記念」とした漱石にとって、その縹緲とした気分が漢詩となり、さらにそれが死後、詩碑にまでなったことは喜ばしいことだっただろう。時空間を越えて生と死を往還できたということなのだから。しかし、科学を重視する漱石は、この「生を半《なかば》に薄めた余の興致は、単に貧血の結果であつたらしい」と結論づけている。

が、修善寺での静養の際の枕頭の書は、ウィリアム・ジェームズの『多元的宇宙』(10)なのであった。自身の大吐血のあと静養中に彼の訃報に接して不思議さを感じたようだ。いずれにせよ、この体験が天の視点の形成の核になり、「則天去私」に至ったのである。

注

1　病余俳句期や俳句数は、小室善弘『漱石俳句評釈』（明治書院、一九八三・一）による。
2　『漱石辞典』（翰林書房、二〇一七・五）の「長閑」（身体感覚・情緒）の拙解説を参照。
3　拙論「「俳句的小説」としての『草枕』」に述べた。『散歩する漱石』（翰林書房、一九九八・九）所収。
4　拙論「漱石の俳句世界――作家漱石に至るまで」に詳しい。同前書所収。
5　荒正人『増補改訂　漱石研究年表』（集英社、一九八四・六）による。
6　拙訳

　滴り落ちる深紅色の血は私の腹中の文章（文学）

　その嘔いた鮮血が黄昏時の薄明かりの中で美しい紋様をゆらゆらと浮かべている

　夜に入って闇の中で空しく疑ってみる、すでに我身は全部骨となったのかと

　寝ていても、すでに体は冷たく石のようで、寒空の雲のような不気味な夢を見る

＊吉川幸次郎訳注（前出）・一海知義訳注（『漱石全集　第十八巻』岩波書店、一九九五・十）・古井由吉『漱石の漢詩を読む』（岩波書店、二〇〇八・十二）を参考とした。以下注7・8も同じ。

7　拙訳

　遠く遥かな天地の外の世界

死と生が境もなく交代するとき
生きるよすがとなるものは闇のなかに消え
我が心はどこかへ行こうとした
この現実の世界に帰って命根を探し求めるものの
暗くて幽かで結局のところわからない

8　拙訳

仰向けに寝ている私は唖者のようだ
ただ黙って大空を見上げる
大空に雲は動かず
終日遥か遠くにあって私の心とぴたりと重なっている

9　「修善寺の詩碑」の狩野亨吉の撰文は昭和十一年一月発行の『漱石全集　第十巻（小品）』月報第三号から。『漱石全集月報　昭和三年版昭和十年版』（岩波書店、一九七六・四）所収。

10　James,William（1842-1910）はアメリカの心理学者、哲学者。『多元的宇宙』は、唯心論で汎神論的である。

明石の浦の漱石

漱石こぼれ話　9

1

明治四十四年八月十日夜、漱石は三度目が覚めた。一度目は静かであったが、後の二度は豪雨で雷が鳴った。台風が来ていたのである。東海道本線は不通であった。

明くる日は快晴で十一日東海道本線が全線開通したので、午前八時三十分新橋を出発し午後八時三十分大阪に到着した。丁度、十二時間かかったのだ。十二日は箕面公園の滝を見て、午後八時半明石の浦中崎海浜の衝濤館に到着した。衝濤館は江戸末期緒方洪庵の別荘であったのを茶店にしたのが始まりで、岩崎弥太郎や富岡鉄斎が宿泊した老舗旅館である。日記（明44・8・12）に次のように記している。

庭先三間の所に三尺程の石垣あり、波が其外でじやぶ〳〵といふ。川か海か分らず、船で三味線を引《弾》ひて提灯をつけて来る。幅の広い涼み船なり。販売の人帰る。たゞ波の音をきく。

次の日の十三日、明石公会堂から名称をかえ竣工したばかりの中崎公会堂において柿落としの講演「道楽と職業」をしなければならなかった。衝濤館の二階にいる浴衣姿の漱石に紋付羽織に袴の人が次々に挨拶に来た。内田百閒は次のように書いている。

暑いのにみんな申し合はせた如く、又全く申し合はせたものに違ひありませんが、皆さんお揃ひに紋附の羽織を著て、袴を穿いて、何の用だか知らないけれども、起つたり坐つたり、まごまごしてゐるのです。無遠慮に申せば、納棺式の隣室のやうな騒ぎです。さうして何だか無暗に忙しさうな顔をし合つて、額の汗を拭きながら、みんな目を光らしてゐました。漱石先生の余威がこの部屋に及んで、この騒ぎなのだらうと私は思ひながら、内心また大いに得意でした。(1)

主催は明石町教育会・明石小学校連合同窓会で聴衆は千余人、西日が照りつけ、クーラーもない時代に講師も聴衆も汗だくであっただろう。当日の日記は以下の通りである。

舞子の先が見える。淡路の燈台が見える。泳いでゐる人の足がよく見える。くらげが見える。帆懸船がぞく〳〵出る。

午後公開《（会）》堂で演説。宿に郡長、市長、助役などくる。七時頃帰る。

誠にあっさりした記述であるが、漱石は「どうも、かう云ふ格好でゐるところへ、こんなにしてみんなに挨拶に来られるので、実に恐縮する」と、内田百閒に漏らしている。「紋附羽織に袴を穿いた人達がうようよする程ゐました」と、百閒は記録している。確かに浴衣掛けの人の前に紋付き羽織袴の人達が次々に挨拶しているのは奇妙な光景だ。その人達がそのまま聴衆になるのだから、大文豪漱石を迎えて礼を尽している気配である。

その頃は神戸市（明22年市制）と明石町（大3年市制）は、今ほど都市としての差が無かったのかも知れない。神戸と明石の間の垂水区在住の親戚から、明石か神戸かに編入するという選択を住民がすることとなり、投票したという話を聞いたことがある。僅差で明石になるところだったそうだ。

明石城をもち、東経一三五度子午線の通る明石[2]は、その文化にプライドを持ち、当年二月博士号辞退で天下を騒がせた漱石の講演に熱中し、真夏なのに申し合わせて紋付き羽織袴で勢揃いということになったのだろう。

公会堂は（中略）西日がかん〳〵照りつけて、実に暑かつたのです。しかし、演壇に向つて、右手の直ぐ下は明石海峡で、明け拡げた広間の天井には、浪の色が映つてゐました。海の向うには、淡路島の翠巒《すいらん》が鏡にうつした景色の様に美しく空を限つて居りました。(3)

先の親戚は青年の日、飴玉を舐めながら垂水から淡路島に斜めに泳いで渡ったという武勇談を語っていたが、確かに海峡が狭まっていて、淡路島まで指呼の間で、現在は明石海峡大橋が神戸市と淡路島を繋いでいる。

竣工当時の公会堂は海べりに立っていたので、百閒が語るように天井にその「浪の色が映って」いたのであろう。今は大蔵海岸との間に中崎遊園地などがあり、埋め立てられ海からかなり隔たり、明石市立中崎公会堂として存続している。『神戸さんぽ地図』(4)には末尾に須磨・明石・垂水エリアが掲載され、虫眼鏡でないと見えない字で「登録有形文化財」「こけら落しとして夏目漱石が講演したところ」と紹介されている。しかし誰も散歩に行かないようだし、知る人も少ないのではないだろうか。明石市がもっと宣伝してもいいだろう。

漱石の講演はトリで、西村白虹「仏領安南の事情」、牧放浪「満洲問題」の後、「道楽と職業」という題であった。

午後一時半開場であったが、開場三十分前に満員となる。一講演が一時間半程として休憩など考えるとおよそ午後四時半過ぎ六時に掛けて、まさに西日が容赦なく差し込む頃に漱石が登壇したことになる。『明石市史　下巻』（一九七〇・十一）は、講演の冒頭近くを引用している。

明石といふ所は、海水浴をやる土地とは知つて居ましたが、演説をやる所とは、昨夜到着するまでも知りませんでした。どうしてア丶いふ所で講演会を開く積りか、一寸其の意を得るに苦しんだ位であります。ところが来て見ると非常に大きな建物があつて、彼処《あそこ》で講演をやるのだと人から教へられて始めて尤もだと思ひました。（中略）西日がカン〳〵照つて暑くはあるが、折角の建物に対してもあなた方は来て見る必要があり、又我々は講演をする義務があるとでも言はうか、まアあるものとして此壇上に立つた訳である。

漱石は中崎公会堂の柿落しのトリを意識して述べ、次に題の「道楽と職業」に及び「道楽と職業が相闘ふ所を話さう」と続けている。

では明治の人が道楽と聞いて、具体的に何を思い浮かべていたかと言うと、「飲む、打つ、買う」であったらしい。内田魯庵は次のように言っている。

今日でも文学は他の職業と比べて余り喜ばれないのは事実である。が、併し乍ら今日では不利益な職業と見らるるだけであるが、二十五六年前には無頼者の仕事と目されてゐた。

最も善意に解釈して呉れる人さへが打つ飲む買ふの三道楽と同列に見て、我々文学に親む青年は、「文学も好いが先づ一本立ちに飯が喰へるやうになつてからの道楽だ」と意見されたものだ

「二十五年間の文人の社会的地位の進歩」（『太陽』明45・6）

二十五六年前とは、二葉亭四迷が『浮雲　第一篇』を世に問うた年（明20）で、その二葉亭が「無頼者」とは驚く。そんな世間を向こうに回して、未完成に終わったが第三篇（明22）まで書き続けた二葉亭に、突き刺さったロシア文学の衝撃の深さに再度驚く。日本語の文末処理に苦悩し、今も使用される常体（た・だ）を創出した苦難[5]を偲ぶ外ない。『吾輩は猫である』を明治三十八年一月「ホトトギス」に連載し始めた漱石が、文体に手こずらなかった[6]のは幸いであった。

のちに『蒲団』（明40）を出した田山花袋は十代で紀行文家としてデビューしたが、その一方で博文館編集局に入社し『大日本地誌』『新選名勝地誌』を編纂している。「筆は一本、箸は二本」という後藤宙外の名句を思い出す。明治前期の文学市場は未熟だったのだ。

しかし、小説という新しいジャンルへの人気は徐々に高まっていた。丸善の社員として「飯を喰」いながら文学を続けた内田魯庵は、『文学者となる法』（右文社、明27・4）でそこらを戯画化して描いている。

例へば地を打つ槌は外るゝとも青年男女にして小説読まぬ者なしといふ鑑定は恐らく外れッこなかるべし。（中略）俗界に於ける小説の勢力斯くの如く大なれば随て小説家即ち今の文学者のチヤホヤせらるゝは人気役者も物の数ならず。此故に腥き血の臭失せて白粉の香鼻を突く太平の御代には小説家即ち文学者の数次第々々に増加し、鯛は花は見ぬ里あれど、鰊寄る北海の浜辺、薯蕷《じょよ》掘る九州の山奥に到るまで石版画と赤本は見ざるの地なし（後略）(7)

幕末以来の血腥い内乱と争闘の時代が終わり、社会の安定化とともに日本の津々浦々にまで小説が浸透したことを伝えている。それからさらに十数年たって、新聞の普及や小説家が人気役者に肩を並べる時代が来たからこそ『蒲団』の女弟子のリアリティも出てきたのである。森鷗外『青年』（明43）の小泉純一も小説家志望である。

しかし、坪内逍遙の「文人と報酬との間には殆ど何の関係もなかるべき」（「文界彙報・文学と報酬」『早稲田文学』明25・12）という言葉は二十年後もまだ生きていた。そういう中で漱石が文筆で生活を安定させたことは驚天動地の出来事だっただろう。漱石に朝日新聞入社を決心させたのは、池辺三山である。

朝日新聞社がその漱石を自社の社員として獲得して作家生活に専念させたことは、明治の日本文学史をつくるほどの意味をもつ出来事であった。

（池辺一郎・富永健一『池辺三山』みすず書房、一九八九・十）

明治四十年四月一日、東京朝日新聞は、社告（池辺三山執筆）を出す。

近々我国文学上の一明星が其本来の軌道を回転し来りていよ〳〵本社の分野に宿り候事と相成居り候、而して小説に雑著に其光を輝かす可く候、如何なる星如何なる光、試みに御猜思下さる可く候

翌二日には再び社告を出す。

（前略）又昨日の紙上にて新入社の文学者あるべき事を御披露致置候処誰れぞ〳〵とお尋ね少からず実は本人目下旅行中にて未だ執筆の場合に至らず候間彼の如く中上候処、強ひてお尋ねに付きては名前をも申上べく候／新入社は夏目漱石君／に候

この社告を見て、読者は、大学教授が新聞記者になったと驚き、その新入社員が夏目漱石だったことにさらに驚いただろう。大阪朝日新聞の鳥居素川は「小生の苦心も水泡に帰し候」と

悔しがった。(8)

漱石は三月二十五日東京帝国大学総長宛に「講師退職願」を書く。三月二十八日〜四月十一日まで京都滞在、旧友の狩野亨吉・菅虎雄と旧交を温め、大阪朝日新聞社主村山龍平と面会し中之島公会堂隣りの大阪ホテルの晩餐会に出席し、鳥居素川らと夕食をとっている。素川にとって漱石の入社は『草枕』に感動した彼の発案だったから、社告によるスクープはさぞ残念なことだっただろう。ちなみに、二葉亭四迷は大阪朝日新聞の所属である。

今、村山龍平の御影の自宅は香雪美術館になっている。当時、素川は芦屋に住んでいた。彼を見掛けた知人によると、着流しで腰に墨壺と筆をぶら下げていたそうだ。

漱石の京都行きは、入社第一作の『虞美人草』(明40・6〜10)の素材(保津川・比叡山遊覧)になった。『虞美人草』の人気は大きく、三越が虞美人草浴衣を売り出し、玉宝堂(宝石店)は虞美人草金指輪を売り出した。「駅の新聞売り子が「漱石の虞美人草」と言って朝日を売り歩(9)」いたというのだから、現在のスポーツ、芸能分野の特ダネ記事並みの扱いだった。

2

漱石の先見性は、この講演「道楽と職業」の冒頭近く「私は曾《かつ》て大学に職業学といふ講座を設けてはどうかといふことを考へた事がある」において示されているだろう。現在「キャリア教育」という講座を、ほとんどの大学が開講している。

私の友人がそのキャリア教育を担当しているが、会う時はいつも凄い荷物を持って現れる。「いったい何なの」と聞いて見せて貰ったら、志願書と小論文の束だった。講座を受講しても、ちゃんとした国語力がない学生が多量にいるので、結局、帰宅して明日までに校閲しなければならないと憤懣遣る方なく呟いた彼女が気の毒でならなかった。漱石も、自分たちが苦心惨憺、身を削って作り上げた日本語が、一世紀過ぎてボロボロになり「職業学」「キャリア教育」が日本語教育の場になっていると知ったら、唖然とし、愕然とすることだろう。

ところが、である。実は当時の就活も「就職氷河期」のそれと同じだったのだ。

何か糊口の口がないか何か生活の手蔓はないかと朝から晩迄捜して歩いて居る。（中略）其の秀才が夢中に奔走して、汗をダラ〳〵垂らしながら捜して居るにも拘はらず、所謂職業といふものがあまり無いやうです。あまり所《どころ》かなか〳〵無い。

（「道楽と職業」句読点修正）

それでは、明治四十四年夏の明石の浦での漱石の講演の内容をみていきたい。

私が文学を職業とするのは、人の為にする即ち己を捨てゝ世間の御機嫌を取り得た結果として職業として居ると見るよりは、己れの為にする結果即ち自然なる芸術的心術の発現の結果が偶然人の為になつて、人に気に入つた丈の報酬が物質的に自分に反響して来たのだと見るのが本当だらうと思ひます。若し是が天から人の為ばかりの職業であつて、根本的に己れを枉《ま》げて始めて存在し得る場合には、私は断然文学を止めなければならないかも知れぬ。（同前）

作品が人の気にいるかどうかは「偶然」なのだから、「道楽即ち本職」とする芸術（文学）は偶然性に拠る。文学者という職業の危うさが浮かび上がってくる。

また、文明の進歩に伴う職業の分化によって妙な結果になるとまとめている。

私の見る所によると職業の分化錯綜から我々の受ける影響は種種ありませうが、其内に見逃す事の出来ない一種妙なものがあります。といふのは外でもないが開化の潮流が進めば進む程又職業の性質が分れゝば分れる程、我々は片輪な人間になつて仕舞ふといふ妙な現象が起るのであります。（同前）

この「片輪な人間」の最たるものが「博士」だという。

あなた方は博士と云ふと諸事万端人間一切天地宇宙の事を皆知つて居るやうに思ふかも知

れないが全く其反対で、実は不具の不具の最も不具な発達を遂げたものが博士になるのです。それだから私は博士を断りました。（拍手起る）（中略）吾人は開化の潮流に押し流されて日に日に不具になりつゝあるといふことだけは確かでせう。（同前）

文部省がやるといった博士号を、漱石が断ったということは広く知られていて、明石の浦まで評判になっていたのである。拍手という反応に、「手を叩いたつて駄目です」と釘をさし、医学士よりも「医学博士の方へいくでせう」と聴衆の行動を推測してみせている。内田百閒は、「聴衆の拍手が余り烈しかつたので、その為に俗な気持がしたのかも知れません」と、「何だか、先生が明石に来て、田舎なもんだから、調子を下げて話をして居られる様に思われた」[10]と回顧している。

しかし、聴衆のこの拍手は当時の体制への反発を伝えているだろう。漱石の博士号辞退が明治四十四年二月、普選法衆院可決が三月、平塚雷鳥「青踏社」発起が六月、この講演が行われたのが八月、この烈しい拍手は、すでに大正モダニズムの足音であったろう。

講演の結語はすでに、次の和歌山での有名な講演「現代日本の開化」に繋がっていた。大阪での「中味と形式」「文芸と道徳」をも含めて、明治四十四年夏の関西での連続講演[11]はこの時期の漱石の一貫した思想の展開を示している。

其道楽が職業と変化する刹那に今迄自己にあつた権威が突然他人の手に移るから快楽が忽ち苦痛になるのは已《やむ》を得ない。打ち明けた御話が己の為にすればこそ好《すき》なので人の為にしなければならない義務を括り付けられゝば何《ど》うしたつて面白くは行かないに極つてゐます。

（同前）

一高と東大の両方の教員の傍ら、漱石は『吾輩は猫である』『坊っちゃん』『倫敦塔』『草枕』『二百十日』などを、いわば「道楽」として書いた。その漱石にして右の断言調は、朝日新聞社員となって『虞美人草』『坑夫』『三四郎』『それから』を、「職業」として書き続けてきての実感だったのだろう。初期の書くことの快楽から職業作家としての苦痛に変化していたのである。講演「道楽と職業」は、自分に納得させるためにも語っていたのかも知れない。

注

1　内田百閒「明石の漱石先生」『漱石全集　別巻』岩波書店、一九九六・二

2　東経一三五度子午線がわが国中央標準時子午線に決定（明43・10・24）し、それが明石町および明石郡内を通過しているにもかかわらず、一般民衆はこのことについてよく知らなかった。標準時子午線の重要性を認めて最初に取上げたのは明石郡小学校長会の人々であった。

3　注1に同じ。
4　『超詳細！　神戸さんぽ地図』昭文社、二〇一七・十
5　拙論「二葉亭四迷と俳諧――その前近代と近代」「『浮雲』における青年の意識の成立」で述べた。『寂しい近代―漱石・鷗外・四迷・露伴』（翰林書房、二〇〇九・六）に所収。
6　拙論「漱石の俳句世界―作家漱石に至るまで」で論じた。『散歩する漱石―詩と小説の間』（翰林書房、一九九八・九）に所収。
7　十川信介は「これは井原西鶴の句「鯛は花は見ぬ里もありけふの月」からである」と『新日本文学大系　明治篇29』（岩波書店、二〇〇五・十）の注で述べている。
8　漱石の「東京朝日新聞」入社については、朝日新聞百年史編集委員会編『朝日新聞社史　明治編』（一九九〇・七）による。
9　注8に同じ。
10　注1に同じ。
11　これらの講演は社会教育の一環として企画されたものだから、後に自身の著書『社会と自分』（実業之日本社、大2・2）に収められた。

漱石と神戸

漱石こぼれ話　10

1

漱石にとって神戸とは、通り過ぎていく街だった。

明治二十八年の松山中学赴任の際は、四月八日午前七時三十五分神戸停車場に着き、九時に広島に向けて出発している。山陽線に乗り換えるためだった。今でもＪＲ神戸駅の下り線プラットホームには、目立たないが「山陽線始発駅」という古ぼけた目印が立っている。

翌二十九年の一月七日には、神戸駅で下車、一泊して築島寺に参り、和田岬を見物している。その報告が子規宛の次の書簡にある。

練《（錬）》卿[1]を神戸に訪ひ築島寺及び和田岬を見る　（明29・1・16　書簡番号78）

詳細は書かれていないので、なぜ築島寺（現・来迎寺）を訪ねたのか想像してみたい。

和田岬は神戸港内に突出した岬である。平清盛が兵庫の津を開くにあたって、築島を築くも、何度も暴風に襲われ成功しないので、人柱を立てて海神の怒りを鎮めようとした。その人柱となった松王丸（十七歳）の菩提を弔った寺が、築島寺である。この話を脚本にしたのが子規の従弟・藤野《ふじの》古白《こはく》で、戯曲「人柱築島由来」は「早稲田文学」（明28・1〜3）に発表されたが、（28年）四月、古白はピストル自殺した。

漱石は、同年五月の子規宛書簡で以下のように嘆いている。

古白氏自殺のよし当地に風聞を聞き驚入候随分事情のある事と存候へども惜しき極に候

（明28・5・26　書簡59）

この書簡は「神戸市神戸県立病院内　正岡常規」宛である。子規は日本新聞社の従軍記者として日清戦争取材に派遣されていた。清の金洲から大連に移動し、大連港からの帰国途上に大量の喀血をした。五月二十二日神戸・和田岬に着き、翌二十三日釣台で神戸県立病院（現・神戸市下山手通八丁目、現在の国立神戸大学医学部付属病院の前身）に運び込まれていた。一時の危篤状態を脱したものの、牛乳、スープしか受けつけず、やっと固形物を咀嚼できたのが苺であった。

看病に当たっていた高浜虚子と河東碧梧桐は、当時苺を栽培していた諏訪山の農家に通った。ちょうど病院から北へ歩いて十五分程度のところだ。諏訪山の苺が子規の命をつないだのである。

何だかもう余命のない枕辺に侍するやうなうら悲しさに打たれるのだつた。毎朝山の苺畑に往つて、新鮮な苺を子規の朝飯に供するやうになつたのは、それから間もないことだつた。痰にも血を見ぬやうにもなり、ぼつぼつ話をするやうにもなつた。

（河東碧梧桐『子規の回想』昭南書房、一九四四・六）

七月二十三日、神戸病院から一の谷を渡った所にある国有地の松林の中にあった須磨保養院に移る際、子規は以下の句を詠んでいる。

神戸病院を出でゝ須磨に行くとて
うれしさに涼しさに須磨の戀しさに　（明28夏）

須磨保養院

人もなし木陰の椅子の散松葉　（同前）

須磨二句

暁や白帆過ぎ行く蚊帳の外

夜や更けぬ蚊帳に近き波の音　（同前）

感あり

行く秋の我に神無し佛無し　（明28秋）

神戸出て夜の長さよ紀州灘　（同前）

子規が二十八年夏に詠んだ句の中で有名なのは、「須磨二句」の初句である。最後の句は船旅に例えて詠んだが、実際は山陽線で広島まで行き、宇品から三津浜を経由して故郷・松山に帰郷した。

八月二十七日、子規は松山中学校教員夏目金之助の下宿・愚陀仏庵に移る。下宿では一階で松山の俳句会が子規を中心として開かれ、二階が漱石の居場所になった。そのうちに一階の熱気に押されて漱石も俳句を詠むようになり、子規上京後も句稿を子規に送る。この間、豊穣な句稿俳諧期を現出し、英国出発（明33・8）まで総数千六百九十一句を詠んだ。

漱石は「嫁をとるんだ」という、「夫りゃ宜いな」と云うと「写真結婚だ」と云った。

（柳原極堂『渋柿』漱石忌記念号、大6・12）

二十八年十二月二十八日、漱石は、東京・虎の門の貴族院書記官長官舎の二階広間で中根鏡子と見合いし、婚約が成立した。写真結婚だと柳原極堂に告白して、二カ月後である。

鏡子の見合い写真に一目惚れをしたようだ。松岡陽子マックレインは次のように述べている。

祖母の見合い写真が残っているが、本当になかなか美人で、漱石がその写真を気に入ったという説には納得できる。

（『漱石夫妻　愛のかたち』朝日新書、二〇〇七・十）

「写真結婚」は、子規宛の手紙にも出てくる。

中根の事に付ては写真で取極候事故当人に逢た上で若し別人なら破談する迄の事とは兼てよりの決心是は至当の事と存候

（明28・12・18　書簡75）

写真と別人だったら破談すると宣言している。余程、写真が気に入った感じである。鏡子の戸籍上の名前はキヨで、『坊っちゃん』に登場する、一家で唯一「坊っちゃん」ひいきの女中の名前となった。キヨからの手紙を待ち焦がれる「坊っちゃん」は、英国留学の期間（明33〜36）、鏡子からの手紙を待った漱石の熱い気持ちを再表現したのだろう。

おれの様な不人情なものでも頻りに御前が恋しい　（明34・2・20　書簡218）

写真結婚は愛情に恵まれなかった漱石に、豊かな愛情を育んだのである。

先ばしり過ぎたので二十八年に戻る。

さて、明けて一月三日には、根岸の子規庵で鷗外、漱石も同席した豪華な句会が開かれた。夕方、漱石は中根家に招かれ、歌留多や福引をし、鏡子の当てた男物ハンカチと漱石の当てた帯締を交換している。二人の間の細やかな交流が見出せて、微笑ましい。

七日の朝、漱石は鏡子やカツ（鏡子の母）その他に見送られ新橋停車場を出発、夜遅く神戸に着き一泊した。友人を訪ねた後、築島寺から和田岬を回った。和田岬には、私設の遊園地・和楽園（明24・5開場）があって、塩湯温泉があり、明治二十八年夏、日本初の水族室が付設された。

明治二十七〜二十九年に神戸に住んでいた小泉八雲は、この和楽園の水族室を訪れ、変わった魚、可愛らしい美しい魚が、踊り子のように舞っていたと感想を述べている。八雲が日本国籍を取得したのは、神戸であった（明29・2・10）。

和楽園水族室は、第二回水産博覧会（明30）では和田岬水族館として会場となった。絵葉書が残っているが、インド風洋館造りの木造二階建。屋根の上にはタージ・マハル風の玉ねぎが乗っている。(2) 四十年ほど前、神戸のポートアイランドで海洋博が開催されたが、第二回水産博覧会の史実があったからかもしれない。

この和楽園は湊川神社内に移転し（楠公さんの水族館）、戦後神戸市立須磨水族館として出発し、現在神戸市立須磨海浜水族園と名称を変えている。

和田岬に戻れば、漱石は恐らく、塩湯温泉にも入湯したと推測される。

というのは、三十三年九月、英国留学のために横浜港から乗船したドイツ船籍プロイセン号が、神戸港に寄港した日、漱石は第四突堤からほぼ百八十メートルの諏訪山温泉に入り浴衣がけで日本料理の昼食をとっているからだ。(3)「坊っちゃん」のように温泉が好きだったのだろう。

諏訪山温泉は諏訪山の東麓にあり、英国人が発見した温泉をいう。現在はなく、絵葉書に残っているばかりだ。この諏訪山の高台で明治七年に金星観測がおこなわれたことから、現在でもそこは金星台(4)と呼ばれている。

英国への途上、漱石は、上海、香港に寄港し、横浜、神戸との比較を夏目鏡子宛書簡にしたためている。

上海モ香港モ宏大ニテ立派ナルコトハ到底横浜神戸ノ比ニハ無之特に香港ノ夜景抔《など》ハ満山ニ夜光ノ宝石ヲ無数ニ縷メタルガ如クニ候　（明33・9・27　書簡200）

当時神戸は国内屈指の貿易港と言われていたが[5]、英米仏の租界を持つ上海や英国の植民地であった香港との差は歴然としていたのだ。漱石の視線の相対化は、このようなところからも伺えるといえるだろう。

2

次に、都市としての神戸が漱石の作品の中でどう表れているかを見ていきたい。

まず、『それから』（明42・6～10）[6]では、代助の父親とその兄の若き日の命を救ってくれた勢力家として高木という人物が登場するが、その高木が養子に迎えた男の子供二人に関する記述に当時の神戸のイメージが垣間見える。

此（高木の）養子に子供が二人あつて、男の方は京都へ出て同志社へ這入た。其所を卒業してから、長らく亜米利加に居つたさうだが、今では神戸で実業に従事して、相当の資産家になつてゐる。女の方は県下の多額納税者の所へ嫁に行つた。代助の細君の候補者とい

ふのは此多額納税者の娘である。（三の七）

神戸はまず、京都近郊として登場し、実業家として成功できる亜米利加へ向かう港を持つ都市なのだ。資産家としての兄を持つ妹は兵庫県下の多額納税者のところに嫁に行ったとされる。代助の見合い相手はこの多額納税者の娘であった。

次に、『門』（明43・3〜6）を見てみたい。宗助が、弟の小六の学資問題の解決に手間取るのは、援助する義務を負っているはずの叔母の一人息子の安之助が、神戸での事業に手を染めていることによる。宗助の叔母は、御米に次のように説明する。

神戸へ参つたのも、全く其方の用向なので。石油発動機とか何とか云ふものを鰹船へ据ゑ付けるんだとかつてね（五の一）

「莫大な利益」が見込めるという安之助の幻想を育て、ひょっとしたら一人息子が石油発動機で実業家になれるかもしれないという叔母の期待を背負っている都市が神戸なのだ。

当時は神戸では塩屋や垂水が漁港として機能していて、鰹も艪舟や帆舟で獲れる所まで回遊していたのだろう。

子規の句に鰹舟の句がある。

松魚舟《かつをぶね》おくれさきだつ勢ひ哉

（明28夏）

明治二十八年なら舟はまだ人力だから、確かに多くの舟が競うように沖に漕ぎ進んで行くさまを詠んで見事である。削り鰹のパックなど普及していなかった頃である。鰹節の需要は高かっただろう。昭和二十年代、小学生だった私の朝の手伝いも鰹節削りだった。

『明暗』（大5・10〜12）に登場する津田の父は、官僚を引退後、神戸で実業を起こして成功したおかげで、京都に隠居して豊かな老後を送っている。

『それから』『門』『明暗』に共通するのは、神戸が実業の地であり、人々が経済的成功のために活躍する地であるというイメージである。ではあっても、金銭の悩みから逃れられない三作の主人公たち知識人とは対照的なのだ。

しかし、漱石がそのイメージだけで神戸を捉えているとは言い切れない箇所が『門』にある。インフルエンザから一旦治ったものの、呼吸器を痛めて熱がなかなか引かない安井が、医者から転地療養を勧められ、御米を伴って神戸に行く場面である。

宗助は二人を七条迄見送つて、汽車が出る迄室《へや》の中に這入つて、わざと陽気な話をした。（中略）汽車は血色の好《い》い宗助の前をそろ〳〵過ぎて、忽ち神戸の方に向つて烟を吐いた。

（十四の九）

次の日三人は表へ出て遠くへ濃い色を流す海を眺めた。松の幹から脂《やに》の出る空気を吸つた。冬の日は短い空を赤裸々に横切《よこぎ》つて大人しく西へ落ちた。落ちる時、低い雲を黄に赤に竈の火の色に染めて行つた。夙は夜《よ》に入《い》つても起らなかつた。たゞ時々松を鳴らして過ぎた。（中略）宗助はもつと遊んで行《ゆ》きたいと云つた。御米はもつと遊んで行きませうと云つた。

（十四の十）

先の引用文の「二人」は安井と御米で、後の引用文の「三人」には宗助が加わっている。後の海辺の描写には、思わず心が引き込まれるような、煌びやかさがある。『夢十夜』の第一夜のような太陽の運行があり、「竈の火の色」の夕焼けが、いかにもただならぬ美しさなのだ。まだ滞在したいという二人（宗助と御米）と安井との間に、三人の組み換えが火花を散らして行われたかのようだ。結局、安井の意向で三人は暖かな須磨から冬の京都に帰って行くのだが、この後、冬から春になり宗助と御米は結びついた。

須磨は、子規が保養院において命の危機から再生した地である。その須磨を、宗助と御米の愛が芽生える場面としても活かして描写している気配が漂う。

実業による成功の可能性と燃え上がる命の営み。共通項は横溢するエネルギーとその窯変でである。漱石はその舞台を神戸としたのだった。

3

ここでは、晩年の漱石の禅への心の傾きを見ていきたい。

漱石の禅への親炙は、学生時代の、円覚寺帰源院の釈宗演のもとでの座禅（明27・12・23～明28・1・7）から始まっている。それは『門』の宗助の参禅に活かされたが、『夢十夜』第二夜では悟れないと居直り、「余は禅と云ふものを知らない」（虚子著『鶏頭』序、明40・12）と告白している。しかし、一方で「晩年の作品への禅的世界観・禅的視線の影響は多大のものが見られる」[7]という評価がある。

大正三年、神戸市平野町（現・兵庫区五宮町）祥福寺で修行中の雲水、鬼村元成（二十三歳）から、『吾輩は猫である』をお寺の裏の竹藪の中で耽読したという手紙をもらい、「ありがたい」と漱石が返信（大3・4・19　書簡2027）をしてから文通が始まった。一年遅れて同寺の富沢敬道（二十四歳）とも文通が始まり、大正五年十月二十三日、二人が漱石宅を訪ね同月三十一日まで滞在する。鏡子は子供部屋を空けて迎えた。二人を詠んだ句がある。

禅僧二人を宿して

風呂吹きや頭の丸き影二つ　（大5・10　俳句番号2491）

『明暗』（大5・5〜12、漱石最後の新聞連載小説、未完）執筆中の漱石は「今日はどこへ行くといいとか相談相手」となり、「かへつて来るとその日の行程をきいて笑ひ興じるといふわけでございました」（夏目鏡子『漱石の思ひ出　後篇』角川文庫、昭29・12）。木曜会に集まってくる青年たちと正反対で「ぼおつとしてゐるといふのかぬうつとしてゐるといふのか、とにかく一向気づまりな、いらいらしたところがございません。それが大層夏目の気に入つた様子」（同前。傍点・はママ）だったらしい。

鏡子は、二人を歌舞伎座や帝劇に案内し、洋食堂ではビフテキをご馳走した。そのビフテキの半分をテーブル下に落としたのを平気で食べたことまで記している。

　どこででも御飯の時には手を合はせて礼拝します。食べ物の文句はなし、何を出しても気持良くどつさりたべるといふふうなので、その偽りのないあけすけとした、しかも単純のうちに礼儀と感謝の念のこもつてるのが、いたく夏目を感心させた様子でした。

（夏目鏡子前掲書）

漱石は二人に日光見物の費用を出してやり、見物後二人は神戸に帰った。

鬼村元成からの東京で世話になったことへの礼状の返信に添えられた句を挙げる。

まきを割るかはた祖を割るか秋の空　（鬼村元成宛、大5・11・10　俳句2494）

「祖を割るか」は『臨済録』の以下を踏まえるという指摘がある。(8)

仏に逢うては仏を殺し、祖に逢うては祖を殺し、羅漢に逢うては羅漢を殺し、（中略）始めて解脱を得ん。物と拘わらず透脱自在なり。

奇抜な意表をつく言い方だが、自己に引っ掛からず自在な存在であるためには、一切の者と物を捨てなければ、道には至らないということだろう。

饅頭を送ってもらったことへの富沢敬道宛の返信（円覚寺帰源院蔵、返信五通）では、二人への気持ちを、次のように表現している。

変な事をいひますが私は五十になつて始めて道に志ざす事に気のついた愚物です。（中略）私は貴方方の奇特な心持を深く礼拝してゐます。あなた方は私の宅へくる若い連中よりも遥かに尊とい人達です。（後略）（富沢敬道宛、大5・11・15　書簡2483）

五句の俳句と一首の七言律詩のはめ込まれた長文の手紙で、若き日の子規への手紙を思い起こさせる。漱石の心境が禅的なものに惹かれているのが伝わってくる。「明暗」という言葉自体が『碧巌録』から採られたのだから[9]。

この思いを次の漢詩にしたのだろう。首聯のみ引用する。

無題　大正五年十一月十九日　漢詩番号207

大愚難到志難成　大愚到り難く　志　成り難し
五十春秋瞬息程　五十の春秋　瞬息の程

次に富沢敬道宛の手紙（前掲）の俳句五句を挙げる。この五句が漱石の俳句の絶筆である。

饅頭に礼拝すれば晴れて秋　2495

饅頭は食つたと雁に言伝よ　2496

徳山の故事を思ひ出して

吾心点じ了りぬ正に秋　2497

僧のくれし此饅頭の丸きかな 2498

瓢箪はどうしました

瓢箪は鳴るか鳴らぬか秋の風 2499

富沢敬道の送ってきた饅頭が送り主の尊さのオーラを帯びており、礼拝し食べようと周りを見回すと晴れていて秋だったとふと気付いた、という第一句は挨拶の句だろう。二句目は、饅頭を食ってしまったと神戸平野の祥福寺に伝えてと雁に依頼する、という洒落た句だ。

禅的境地を、特に感じさせるのは三句目と最終吟だろう。三句目の前書き「徳山の故事」は、『碧巌録』第四則「評唱」にある次のような故事である。

徳山が金剛教を修得したのち南に赴いて、禅宗をたたき破ってやろうと意気込んで行く途中のくだり、茶店の老婆と徳山の点心を巡る問答。老婆が、「金剛教では、過去の心も分からない、現在の心も分からない、未来の心も分からないと云う。お坊さん、あんたはいったいどの心を点じようと言うのですか」と問い、答えられなかった徳山は点心を買うことが出来なかった。[10]

点心とは禅家でのおやつのことで、食をもって空心（すき腹）に点じるという意味である。「吾心点じ了りぬ」では、饅頭をお腹いっぱいたべて満足したが、徳山をやっつけた老婆には叱られるかもしれないと故事を思い出して苦笑するとともに、自分の心がすみずみまで充たされて、「正に秋」では澄んだ空気と爽やかな風が流れてきて私という存在までが清々しくなったと、おどけながら禅的世界を垣間見せている。

最終吟の瓢簞は、世の中から隠れのがれた清廉潔白の隠者を象徴している。二人の雲水の上京中、三人の間で瓢簞が話題[11]に上ったか、あるいは瓢簞を土産に二人は帰ったのかもしれない。その瓢簞が、祥福寺の軒先にぶら下がって風に吹かれている様子を想像しての句であろう。はからずも、子規の辞世の句、

糸瓜咲て痰のつまりし佛かな

をとゝひの糸瓜の水も取らざりき

痰一斗糸瓜の水も間にあはず

と共鳴する。

糸瓜先生（漱石の俳号のひとつ）の糸瓜が、ひからびて秋風に鳴る瓢箪となった。それは、来るべき死を暗示していたのかもしれない[12]。

二人が帰って一カ月もたたないうちに漱石は病床につくのだが、二人は禅宗にとって大事な臘八接心（十二月八日までの七日間、煩悩を祓い清め万事を投げ捨てて座禅工夫に従わねばならない）の真最中で、新聞も読めない状態だった。それが明け、晩に甘酒の振る舞いがあるというので神戸の街に大きな丼を買いに行った鬼村元成は、ふと新聞に漱石危篤とあるのにびっくりした。

甘酒の楽しみなんぞどこへやら、大きな丼を抱いたまま、ぽろぽろ大粒の涙を流しながら神戸の町をところかまはず歩いたさうです。

（夏目鏡子前掲書）

大正五年十二月十二日、青山葬儀場での告別式では、導師・釈宗演（円覚寺派管長）が、煩悩を振り払うという払子《ほっす》（長い獣毛を束ねた法具）を振り回す。読経、銅羅、鉦、木魚が鳴り渡る。会葬者千余名。神戸から富沢敬道・鬼村元成が上京し、一七日《ひとなのか》のお経をあげる[13]。

英国留学から帰国した時は神戸港着、満韓の旅の行きは神戸港経由、帰りは神戸駅を通過。漱石の身体にとって神戸は通り過ぎて行く地であった。しかしその魂は、二人の雲水との交流を通して神戸平野の臨済宗祥福寺に漂着していた。

神戸は、漱石の禅的境地を示した絶筆五句が着地した地としても記憶されるべきだろう。

注

1 錬（錬）卿とは神戸在住の俳人、竹村鍛《きとう》（一八六五～一九〇一）のこと。河東碧梧桐の仲兄。

2 原島広至『彩色絵はがき・古地図から眺める　神戸今昔散歩』中経出版、二〇一一・九

3 荒正人『増補改訂　漱石研究年表』集英社、一九八四・五

4 一八七四年（明7）、金星の日面通過を観測するためにやって来た仏人ピエール・ジャンサン隊の一人がこの高台で観察したことを記念して名付けられた。

5「日清戦争後、神戸港の貿易額は日本総貿易額の四二％を占め、とくに輸入額は横浜港を抜いて第一位」兵庫県編『ふるさと兵庫の歴史』兵庫県文化協会、一九八一・三

6 丸カッコ内は新聞連載期間。以下、『門』『明暗』も同。

7 富沢宗實「釈宗演」『漱石辞典』翰林書房、二〇一七・五

8 小室善弘『漱石俳句評釈』明治書院、一九八三・一

9『碧巌録』第五十一頌「明暗双双底《なん》の時節ぞ」（明と暗とが対をなすとは、いかなる時のことか）から「明暗」が題となった。

10 坪内稔典注解『漱石全集　第十七巻』岩波書店、一九九六・一

11 漱石の雅号の「漱石枕流」の出典は『蒙求《もうぎゅう》』である。隠者生活のたとえとして使われる。その『蒙求』にある「許由一瓢《きょゆういっぴょう》」にも話題がおよんだ可能性がある。許由は、中国古代伝説上の隠者で、堯帝が譲位するという話を断り、その話を聞いた耳を洗い箕山に隠れ住んだ人。

12 漢詩の絶筆七言律詩（大五・十一・二十）の尾聯は以下である。

眼耳双忘身亦失　眼耳双つながら忘れて身も亦た失い
空中独唱白雲吟　空中に独り唱う白雲の吟

吉川幸次郎は「十四字、二句の後の逝去の予言となった。いわゆる詩の讖《しん》を成すものである」と注釈を加えている（『漱石詩注』）。「詩の讖」とは詩が後の出来事の予兆となること。この瓢簞の最終吟もまた、「白雲の吟」（仙郷の歌）に通じるだろう。

13 注3と同じ。

Ⅱ　漱石と子規

余は今迄禅宗の所謂悟りといふ事を誤解して居た。悟りといふ事は如何なる場合にも平気で死ぬる事かと思つて居たのは間違ひで、悟りといふ事は如何なる場合にも平気で生きて居る事であつた。

(正岡子規『病牀六尺』二十一　明35・6・2)

フェミニスト子規

女にも普通学の教育を──男女の役割固定化への異議申し立て

脊椎結核《カリエス》の進行によって病床に縛られ続けた子規は、家庭に常住した人であった。世話をされなければ生きていけない弱者として、受動的な存在であった。

それは、低い視点から家庭という構造を凝視し、家庭を支える女性の役割をよく見通せる位置にあったということになる。母や妹への接し方や、家庭に対する子規の要望やイメージに、俳句革新・短歌革新を成し遂げた革命的な文学精神と連動するフェミニズムの萌芽をかいま見ることができる。

例えば、「飯炊會社」(『病牀六尺』傍点・はママ)の提案である。子規の考える「飯炊會社」

は、まさにその字の通り、飯を炊く会社で、「かたき飯柔かき飯上等の飯下等の飯それ〴〵注文に応」じるのである。子規没後百年以上たった現在、やっと御飯・粥を販売する「飯炊會社」が活躍しているが、それを買う女性の側には一抹のうしろめたさがある。なぜか、御飯は家で炊かなければ主婦として失格で、家族は、まさに「同じ釜の飯を食う」ことでつながっているという無意識の了解の絆がほどけてしまうような強迫感を覚えるのだ。

しかし、確かに子規の言う通りである。

人手の少くて困るやうな時に無理に飯を炊かうとするのは、矢張り女に常識の無いためである。そんな事をする労力を省いて他の必要なる事に向けるといふ事を知らぬからである。必要なる事は其家によつて色々違ふ事は勿論であるが、一例を言へば飯炊きに骨折るよりも、副食物の調理に骨を折つた方が、餘程飯は甘美く食へる訳である。病人のある内ならば病牀について居つて面白き話をするとか、聞きたいといふものを読んで聞かせるとかする方が餘程気が利いて居る。

(『病牀六尺』(1) 七十三 明35・7・24)

昔の薪で炊くのと今の炊飯器で炊くのとでは、労力の差は大きく、意識としての飯炊きの位置がもっと重かった当時において、その労力を他に向けるべきだという提案は実に合理的で画期的だ。それには、「西洋の麵包《パン》」という例があってのことだろうが、子規が生活の細部において西洋近代の合理的精神のかたちを捉えていたことを物語る。
もっとも、子規の家には下女をおく余裕がなく、いわば変則的な核家族だったので、現在の核家族に通じる家事のイメージとそれに伴う家事を見つめる視点を得たとも言える。
病者子規の家族への希望としては「面白き話」を聞かせてくれることであったが、家事と介護に振り回され手の回らない状態だったので、実際には子規の俳句仲間が病床で伽をしている。特に病勢がつのってからは、その痛みをまぎらわすためにも「面白き話」が必要であったようだ。

情ある人我病牀に来つて予に珍らしき話など聞かさんとならば、謹んで予は為めに多少の苦を救はるゝことを謝するであらう。（『病牀六尺』四十　明35・6・21　傍点、はママ）

この切ない願望に応えて看護当番を兼ねるお伽衆（左千夫・虚子・碧梧桐・鼠骨ら）が組織されたのである。死に瀕した床の中で、お伽衆を待ち「面白き話」を望んだ子規の家庭のイメージは、精神的慰撫を与えてくれる雑談のできる家庭ということであった。

今迄の日本の習慣では、一家の和楽といふ事が甚だ乏しい。それは第一に一家の團欒といふ事の欠乏して居るのを見てもわかる。（中略）先づ食事に一家の者が一所に集る。食事をしながら雑談もする。食事を終へる。又雑談をする。是だけの事が出来れば家庭は何時迄も平和に、何処迄も愉快であるのである。

（『病牀六尺』六十七　明35・7・18　傍点・はママ）

封建的な気風の強かった時代に「一家の團欒」の重要性に気付く感性とは、あくまで健全でしなやかだ。雑談ができる基盤には、家族の構成員のある程度の平等と尊重がなければならないだろう。男性優位の家父長的家庭像を押しつける明治にあって、「一家の團欒」の重要性を明瞭にしていることに、子規の慧眼と家族への平等の意識をかいま見ることができるのだ。

では、実際の子規の家庭はどうだったのだろうか。自分のような病人をかかえての状態を、「丁度一國に戦が起つたのと同じやうなもの」と捉えており、母や妹がいわば「戦」とともに家事をしなければならないことを不憫に感じている。

ここから、先述した「飯炊會社」の構想も起ってくるのだ。自分が病床に縛られていることのつらさと同時に、その自分に縛られて「戦」と家事に息つく暇もない女達の生活の貧しさをよく思いやっている。ゆえに、碧梧桐が、母と妹を向島の花見や土筆取りに連れ出し、楽しませたことを我事のように喜んでいるのだ。勿論、母と妹が二人揃って出掛けるわけにはいかない。病勢がつのり、片時も側を離れることができない状態になった明治三十五年の春のことである。ちなみに、お伽衆兼看護人の当番制が決められたのも此頃のことである。

律が土筆取りから帰って来て、子規の枕元で土筆の袴を取りながらいろいろと話して聞かせるのを、「平生の不愛嬌には似もつかぬ」（口述「病牀苦語」[2] 明35・5・20）と喜び、次の二句を作っている。

家を出で、土筆摘むのも何年目

病床を三里離れて土筆取

自分の病床に縛られ二年間程も遊山もかなわぬ妹へのすまなさの気持ちが、伝わってくる。母堂の向島の花見への句は、

たらちねの花見の留守や時計見る

で、二人の遠出への感懐を以下のように述べている。

内の者の遊山も二年越しに出来たので、予に取つても病苦の中のせめてもの慰みであつた。彼等の楽みは即ち予の楽みである。

（口述「病牀苦語」明35・5・20）

四カ月後に死去する子規は、一月には衰弱と痛みがひどく、モルヒネを打って耐えているという状態であった。その状態にあって、家人の喜びを自分の喜びとする心の余裕を持っていたのである。

「彼ハ癇癪持ナリ　強情ナリ　気ガ利カヌナリ」（中略）「余ハ時トシテ彼ヲ殺サント思フ程ニ腹立ツコトアリ」（『仰臥漫録』[3] 明治34・9・21）と律の看護の仕方に不満をもらしながらも、そのいらだちをその人自身に向けず、三十五年七月には『病牀六尺』に四日間に及んで看護論及び女子教育について論じているのである。この懐の深さは、家人への愛情とともに、明治という時代を生きているという歴史感覚が鋭かったことを示していると言えよう。つまり、律自身が教育をきちんと受けなかったがゆえに、自分のような病人を看護することが難しいと子規はいうのである。

女子教育の軽視という時代風潮は、その底に「良妻賢母」という美名の下、女子に夫の労働力の再生産への無償奉仕と、次世代の労働力（兵力）を生み育てさせるという国家の要請を透視させるだろう。子規はこれらのことを大上段に否定しているわけではないが、女子にも教育をという彼の提案はこれと抵触する。なぜなら子規は、看護学ではなく普通の学問を女子にもさせろといっているからだ。

○女子の教育が病気の介抱に必要であるといふ事になると、それは看護婦の修業でもさせるのかと誤解する人があるかも知れんが、さうでは無い、矢張普通学の教育をいふのである。

（『病牀六尺』六十六　明35・7・17　傍点。はママ）

男性と対等に話ができる女性を育てるためにも、男と女の教育上の平等を勧めているのである。平等と言うのは言いすぎかもしれないが。

しかしながら、平等の視点の萌芽を探し出すことができないわけではない。例えば、男女の役割の互換性への指摘である。

○甲州の吉田から二三里遠くへ這入つた処に何とかいふ小村がある。（中略）総て此村では女が働いて男が遊んで居る。女の仕事は機織りであつて即ち甲斐絹《かひき》を織り出すのである。（中略）一家の活計は其で立て、行くのであるから従つて女の権利が強く且つ生計上の事に就ては何も彼も女が辨じる事になつて居る。男の役といふは山へ這入つて薪を採つて来るといふ位の事ぢやさうな。（中略）女でも皆大酒であるといふ事ぢや。

（『病牀六尺』十七　明35・5・29）

柳田國男の民俗学的考察を想起させる右の文は、男女の役割が生活の場において反対でもありうることを柔軟に認めている。明治国家が男女の役割の固定化を性急に言いたてているのに対して、具体的な例をあげて異議申し立てをしているのだ。

明治国家の要請を先取りして、下田歌子らが帝国婦人協会を発起したのが明治三十一年であり、福沢諭吉が『新女大学』を発表するのは明治三十二年である。どんなつらい事があろうと耐えていく女のイメージを定着させた徳富蘆花の『不如帰』の発表が明治三十一年末で、その成功を契機に明治三十二年頃より隆盛となる家庭小説の描く家庭像及び女性の位置に対する、子規の病床からのささやかな反論といえるだろう。

チマチョゴリの美――砕かれた夢と平等のまなざし

この路線をひそかに継承しているのが、漱石の『吾輩は猫である』（明38・1〜39・8）なのだ。例えば、シャンプーのなかった明治、女性がその長い髪をふのりと生卵で洗っていた（四）ということまでがわかる。苦沙弥の細君の生き生きした言動は、充分『不如帰』の浪子に対抗しうるだろう。なにしろ、平気で苦沙弥を言いこめる細君なのだ。

「あら厭だ、さあ云へだなんて、そんな権柄づくで誰が云ふもんですか」と細帯を巻き付けた儘どつかと腰を据ゑる。（中略）

「生意気に高い帯をしめてるな。今度から一円五十銭位のにして置け」
「そんな帯があるものですか。それだからあなたは不人情だと云ふんです。女房なんどは、どんな汚ない風をして居ても、自分さい宜けりや、構はないんでせう」（中略）
「私も品数を教へて上げません。告訴はあなたが御自分でなさるんですから、私は書いて頂かないでも困りません」　（五）

そのような口返答をする細君を、迷亭は以下のように評する。

「昔は亭主に口返答なんかした女は、一人もなかつたんだつて云ふが、夫なら唖を女房にして居ると同じ事で僕などは一向難有くない。矢つ張り奥さんの様にあなたは重いぢやありませんかとか何とか云はれて見たいね。（以下略）」　（六）

犬も喰わぬ夫婦喧嘩の活写は、女性への平等な視点によってすくいあげられたと言ってよいだろう。既に漱石は、「文壇に於ける平等主義の代表者『ウォルト、ホイットマン』(Walt Whitman)の詩について」(「哲学雑誌」十月号　明25・10・5)において、男女の差別がないという観点からホイットマンの詩を評価している。

漱石が、この最初の論文を「革命主義を政治上に実行せんと企てたるは仏人なり」と冒頭、フランス革命への言及から始めたことは注意されてよいことだろう。子規が西洋近代の合理的精神を生活の細部において理解したように、漱石は近代を形成する思想の原点を平等としてとらえていたということになる。

それは後になって楽天的な幻想にすぎなかったとして留保され、『吾輩は猫である』において近代への幻滅と文明批判が展開された。けれども、若き日に血肉化した平等精神があって始めて自分の位置を女性の側にも立ってとらえ直すことができ、夫婦喧嘩も活写できたのである。

子規の親友漱石を語ることは間接的に子規を語ることにつながる。漱石が性を超える視点を見出したように、子規も八年間に及ぶ寝たきりの生活のなかで、性を超え得たのかもしれない。先に述べた男性と女性との役割の互換性の指摘もそうであるし、男女の好物の次のような比較もそうである。

○酒は男の飲む者になつて居つて女で酒を飲むものは極めて少ない。これは生理上男の好くわけがあるであらうか、或は単に習慣上然らしむるのであらうか。寧ろ後者であらうと信ずる。

（『病牀六尺』五十六　明35・7・7）

ここでは、男性と女性の嗜好品が生理上ではなく習慣上作られたことを指摘している。いわば、社会の中において、男性と女性の嗜好品が、形成されていることの発見と言えるだろう。

それは、男性と女性の差異が生理上に本来的にあるのではなく、社会の中で生み出されているジェンダーを早くも指摘していることになる。特に、この差異を拡大し定着しようとしている社会の動きの中での指摘は、漱石の場合と同様に平等という意識をしっかりと持っていたことを証するだろう。だから、後に素直にチマチョゴリを賞讃することができたのだ。

午前　陸妻《くが》君巴《ともえ》サントオシマサントヲツレテ来ル　陸氏ノ持帰リタル朝鮮少女ノ服ヲ巴サンニ着セテ見セントナリ　服ハ立派ナリ　日本モ友禅ナドヤメテ此ヤウナモノニシタシ芙蓉ヨリモ朝顔ヨリモウツクシク

（『仰臥漫録』明34・9・5）

さらに、チマチョゴリをスケッチし彩色した絵も残している。松山の子規記念博物館に展示された彩色画の上着の赤と袴の紫のコントラストは、約百十年後の今もなお美しい。巴サンの着たチマチョゴリそのものも展示され、色あせ透けてさえいるが、なお昔日の鮮やかさを偲ばせる。それは、新聞「日本」（明22・2・11〜大3・12）を大日本帝国憲法発布のその日に創刊した陸羯南《くがかつなん》（一八五七〜一九〇七）と、死ぬまで日本新聞社員であった子規が夢みた「国民」及び「国民精神」創出の願望の無残な砕かれ方を想起させる。チマチョゴリの美しさは、彼らの夢のカケラの美しさに似ている。

日清戦争（明27〜28）は朝鮮の支配権をめぐって日本と清国の間で戦われ、日露戦争（明37

〜38）は欧米列強（英・米・露・独・仏・墺・伊）による中国分割支配競争のなかで、ロシアの南下、満洲・朝鮮への進出と直接に衝突した日本との間で戦われた。その結果、日本は明治四十三年に韓国を併合し、朝鮮民族の独自性を否定し、いわゆる皇民化を進める。陸羯南の死後三年目である。

寝たきりの子規の眼に、チマチョゴリの美しさが揺らめいた明治三十四年は、既に朝鮮民族に対する侮蔑・優越感が国民の間に拡がっていた時期であった。子規が寝たきりになったのには、「日本」の記者として日清戦争に従軍し、陸軍の粗略な扱いと劣悪な環境のために釣台に乗せられて下船する状態で帰国したことがあった。船中で大量に吐血して神戸に着き、県立神戸病院にそのまま入院して一時は危篤状態に陥った。いわば、子規は大日本帝国陸軍によって殺されかけたのである。恐らく、この時ナショナリスト子規は消滅したのであろう。以後、壮絶な闘病生活を送りながら俳句革新・短歌革新を成し遂げ、文章の革新・写生文創出の運動半ばにして死去する。その文学的闘いを受け継いだのが漱石だったのである。

子規は、政治という攻撃的な男性的空間に見切りをつけ、家という受容的な女性的空間の住人になる他なかった。このナショナリストからフェミニストへの変貌の過程において、子規の仕事は次々に生み出されていった。

子規が女性的空間の住人であったことをよく示すほほえましいエピソードに、次のようなインテリアのアイデアがある。

若し又其次の年迄ながらへて居たら、底にばねのある寝床を求め、其側に暖爐を据ゑつけ、綺麗〳〵窓掛を掛け、天井から丸いガラスの釣花いけをぶら下げてそれに下へ垂れて咲く花を活けて置きたいと思ふ。

（「新年雑記」[4] 明33・1・10）

やわらかいベッドと暖をとれるストーブがあり、観葉植物が天井からぶら下げられ、「綺麗〳〵」カーテンが窓辺に掛けられている――子規が病床で夢想した部屋は、家に閉じ込められている女達の美へのあこがれとひそかな自己表現の希いを語っていた。それは生活する場としての家の女性化とも言え、家父長的な家制度の下のかつての暗い家ではない。

　この子規のひそかなインテリア趣味は、現代になって女性一般、あるいは少なからぬ数の男性をも巻き込んだブームとさえなっている。しかしながら、富国強兵を国是とする男性的な帝国主義国家たろうとしていた明治においては、生活の細部に美を求めるというインテリアのアイデアを豊かに持つことは男性は勿論、子だくさんで、年がら年中出産と育児に追いまくられていた女性には、難しかったであろう。そのような時代の制約を、女性的空間を生きる他なかった子規は乗り越えていたのである。

　インテリア趣味など些細なことかもしれない。しかし、些細なことがとてつもなく大きなことと結びついていることもある。例えば漱石は、男女の恋愛及び結婚形態が、国家体制と結びついていることを以下のように看破しているのだ。

抑《そもそ》も、何れの社会に在つても、其社会の現存組織を持続するのに、最も都合のいゝ観念が、常に他の諸観念を圧倒して居るものである。（中略）つまり此恋愛なるものは社会組織を持続する上に決して都合の悪くない観念なのである。

（談話「家庭と文学」明40・2・1）

つまり、極私的な恋愛という「観念」が、国家体制を「持続」させていると言うのである。以降、漱石は三角関係を軸とした恋愛小説を書き続ける。その三角関係に、兄嫁登世や友人の妻大塚楠緒子の影を見るという見方もあるが、その執拗な描写から、明治の国家と社会が浮かび上がってくることを見逃すべきではないだろう。姦通罪の制度化が『それから』（明42・6〜10）成立の契機となったように、である。

そして、血縁幻想を媒介とする家父長的家族制度が、天皇を頂点とする家族国家体制に組み込まれ、天皇の赤子とされた国民は戦争に駆り出された。財産権も参政権もない女性の位置と、性を金で買うことを法制化した公娼制度という女性への差別と、侵略戦争を続けていく国家の根は同じである。そこに、朝鮮人従軍慰安婦問題もあるだろう。政府が謝罪するかしないかで（結局謝罪することに決ったそうだ）もめている今、一抹の清涼剤のように、チマチョゴりを美しいと手放しで褒めた子規を思い出す。そして記念博物館に展示された彩色画の赤と紫が私の脳裏に鮮やかに浮かぶのだ。

チマチョゴリを美しいと感じる感性が、フェミニスト子規の原点なのではないだろうか。そして、そのような子規の影響は、死後もじわじわと浸透していったように思える。

伊藤左千夫は、『野菊の墓』（明39・1）において半封建的な家庭における実を結ばない清純な恋を描き、長塚節は、『土』（明43・6）において鬼怒川べりの貧しい農村を舞台に産む自由がなく堕胎する母と、残された父と娘のインセストという重い性を描いた。両作に共通するのは、社会の底辺で生きる女性の哀しさへの深いいたわりであろう。左千夫も節も子規の弟子であり歌人であった。

漱石という友人、あるいは左千夫・節という弟子の中で、地下水脈のように生きている子規を見出すことができる。目に見える形ばかりでなく、目に見えない形においてでもある。つまり、俳句や短歌や写生文という表現上の影響ばかりではなく、その底に流れる平等のまなざしめいたものにおいてである。

それは、母と妹という二人の女性の献身によってこそ、生き続け、病床六尺を日本の文学状況への大きな発信基地にし得たことを、子規が十分に分かっていたことによるだろう。

柳田國男の言う「妹《いも》の力」[5]の偉大さを評価していたことがその原点にあって、フェミニスト子規は現代に甦える。

注

1　「病牀六尺」は新聞「日本」に明治三十五年五月五日から九月十七日まで百二十七回にわたって連載された。

2　「病牀苦語」は子規の口述。『ホトトギス』に明治三十五年四月二十日と同年五月二十日の二回掲載された。

3　手稿「仰臥漫録」は明治三十四年九月二日から三十五年七月二十九日まで記された。

4　「新年雑記」は『ホトトギス』に明治三十三年一月十日掲載された。

5　『定本　柳田國男集　9』筑摩書房、昭37・3

子規と『吾輩は猫である』

僕ノ目ノ明イテル内ニ今一便——遅れて届いた「伽」

漱石は、『吾輩は猫である』中篇自序（明39・11・4）において、瀕死の子規からの最後の手紙を引用しつつ、泉下の子規への深く熱い思いを以下のように吐露している。

子規がいきて居たら「猫」を読んで何と云ふか知らぬ。或は倫敦消息は読みたいが「猫」は御免だと逃げるかも分らない。然し「猫」は余を有名にした第一の作物である。有名になつた事が左程の自慢にはならぬが、墨汁一滴のうちで暗に余を激励した故人に対しては、此作を地下に寄するのが或は恰好かも知れぬ。季子は剣を墓にかけて、故人の意に酬いたと云ふから、余も亦「猫」を碣頭《けつとう》に献じて、往日の気の毒を五年後の今日に晴さうと思ふ。

子規が存命なら『吾輩は猫である』（明38・1〜39・8　以下『猫』と省略）をどう評価するかは面白い設問である。この問いかけに続く漱石の右の文には、自信の色が窺われる。本当のところ、子規は『倫敦消息』（明34・5〜6）以上に喜んだのではないだろうか、と。病床の子規は、無聊を慰め痛みを忘れるために話を待ち望んでいたのだから。

　情ある人我病牀に来つて予に珍らしき話など聞かさんとならば、謹んで予は為めに多少の苦を救はるゝことを謝するであらう。

（『病牀六尺』四十　明35・6・21　傍点ママ）

激痛に号泣絶叫する子規を一瞬安らわせたものの一つは、「話」なのであった。実際に、この切ない願望に応えて、左千夫・虚子・碧梧桐・鼠骨等が、毎日交替して看護当番を兼ね子規の枕元で伽をつとめている。河東碧梧桐は『子規の回想』（昭南書房、昭19）において、その「お伽当番」の苦労を詳細に語っている[1]。

「肩の凝らない、どこかユーモアのある話」を求めて、「写生文でも書きに往つたやうに、よく話材を求めて歩き」、「何だか山のない話だな」と子規に思われないかと危惧しながら、

「お伽当番」をつとめたが、「お伽の厄日」には、痛みから「惨憺たる阿鼻叫喚の地獄の責苦を現出する」子規に、「何だかお伽のせいのやうにも思はれて、骨も肉もコチ〳〵に硬ばつてしま」いながら、やっとの思いで根岸庵の門を出たと言うのである。

さらに、お伽衆のいない場合、子規は自分で懸命に面白い話を紡ぎ出し、痛みと闘っていた気配がある。「アッ苦しいナ、痛いナ、アー〳〵人を馬鹿にして居るぢやないか、馬鹿、畜生、アツ痛、アツ痛、痛イ〳〵、寝返りしても痛いどころか、じつとして居ても痛いや」という苦しい拷問にかけられた子規の唸き声から始まる「煩悶」（明35？）が、お話の形態をとろうと右往左往し、苦しい試行錯誤を重ねていることからもそれはわかる。肉体的苦痛の極致においてでさえ、と言うより、極致であるからこそ子規は面白い話を作り出そうとした。

子規は、自分にとってそのように重い意味を持つ話を、漱石にねだったのである。「若シ書ケルナラ僕ノ目ノ明イテル内ニ今一便ヨコシテクレヌカ」（明34・11・6）と。その懇請に応えられなかった漱石が、「往日の気の毒を五年後の今日に晴」らしたのが『猫』なのである。いわば、遅れて来たお伽の者が死者に手向ける伽が『猫』なのであった。ゆえに、まず『猫』には面白い話の集成という骨格が抜き難く存在する。

さらに、その面白い話の背後には、亡くなった子規が佇んでいる。それがどのような佇み方であるかを『猫』の冒頭文から考えていきたい。

「吾輩は猫である」という動物の一人称の名乗りは「足萎えの犬のように室内を這いまわる

ほかはなかった晩年の子規が、そのいわば父母未生以前を一種の仏教的な因果譚のかたちを借りて想像的に綴った「犬」」（猪野謙二解説『子規全集12』講談社、昭50）と、かすかなつながりがあるのではなかろうか。もっとも、『猫』は子規の「犬」のように前世ではなく現世であるが。「笹原の中へ棄てられた」（一）猫には「漱石自身の幼時の投影[2]」があることは、つとに指摘されて来た。

「此犬は姥捨山へ往て、山に捨てられたのを喰ふて生きて居るといふやうな浅ましい境涯であつた」が、猫は「竹垣の崩れた穴」つまり「一樹の蔭」（一）という前世からの因縁によって苦沙弥先生の屋敷に入って行くことになる。「此垣根の穴」は隣の三毛を訪問する通路にもなるが、この猫の恋は春の季題という俳句的発想からの布置とも言える。

さらにつけ加えれば、苦沙弥先生の水彩画の下手さは、「その頃の絵は頗る下手で、何を描いたんだかさつぱりわからないものなどが多かったのです」（夏目鏡子『漱石の思ひ出 前篇』角川文庫、昭29・11）という漱石自身の反映でもあるが、同じように始めは下手であった子規の反映とも取れる。

虎を画いて成らず狗に類すなど丶云のは写生をしないからである。写生でさへやれば何でも画けぬ事は無い筈だ、といふので忽ち大天狗になつて、今度は、自分の左の手に柿を握つて居る処を写生した。（中略）そこへ虚子が来たから此画を得意で見せると、虚子は頻りに見て居たが分らぬ様子である。「それは手に柿を握つて居るのだ」と説明して聞かすと、虚子は始めて合点した顔附で「それで分つたが、さつきから馬の肛門のやうだと思ふて見て居たのだ」といふた。

（「画」『ホトトギス』明33・3・10）

右の文は、『猫』の（一）の苦沙弥の水彩画のエピソードと（二）の絵葉書の猫の分からなさを想起させはしないだろうか。『ホトトギス』二月号（明38・2・10）掲載の（二）については、同一月号（明38）に『猫』の（一）が掲載されることを知っていた「山会」の連中が、年賀状に、「自筆の猫の絵葉書を送ってきた」（荒正人『増補改訂　漱石研究年表』集英社、昭59）ことに触発されているという指摘がある。が、描写された対象の分からなさの誇張には、漱石と伽の相手である亡き子規との間の生前の「やりとり」[3]が下地として生かされてはいないだろうか。既に、続編としての（二）は、竹盛天雄『漱石　文学の端緒』（筑摩書房、一九九一）に、「この『書斎』をたちまち奇体な寄席の雰囲気に変換させてしまう」と指摘されている。ところで、水彩画から文章に、朗読会に「トチメンボーの料理」や「孔雀の舌の料理」に、さらに迷亭・寒月・苦沙弥の噺の競演にと移っていく苦沙弥サロンの雰囲気は、実はかつての子規グループのものと似ているのではあるまいか。

つまり、苦沙弥邸への迷亭・寒月・東風等の引き寄せられ方は、子規の根岸庵へ虚子・碧梧桐・鼠骨等が引き寄せられ、俳句・短歌・写生文・新体詩などの文学的雑談の中で、「新年会」や「柚味噌会[4]」や「闇汁会[5]」や「山会[6]」や素人寄席[7]までが催されたのを彷彿とさせるのだ。苦沙弥邸の座敷という混沌とした饒舌の場は、かつて病床に縛られた子規のもとに集まった人達のざわめきを伝えようとしたかの如くである。それが、もう失われたという欠落感ゆえに、饒舌はさらに過激になるのかもしれない。珍野苦沙弥家の書斎で、空想の饒舌はとりとめもなく膨らむのだ。

例えば、東風の提案する「朗読会」は、既に指摘されているように、子規が唱道した写生文を朗読する「山会」が下敷きになっているだろう。そして、「山会」は「山的文章の会」とも呼ばれ、「山的料理」を食べながら開かれたようである。藤井淑禎「夏目家文章会の力学」（『不如帰《ほとゝぎす》の時代』名古屋大学出版会、一九九〇）によれば、後に漱石が主催した文章会も「山会」の「山的料理」の伝統をひいて鏡子夫人の手料理のもてなしがあったという。

若尾瀾水は、明治三十三年九月三十日の根岸庵での「山会」を以下のように回想している。

> 今晩子規先生の宅に第二回山的文章の会があるからいつて見ないかと午前鼠骨君が予に奨めたが（中略）山会といふのであるから各々山的料理を呈出するのであつた。
>
> （「三年前の根岸庵」『子規全集　別巻2』講談社、昭50）

この「山的料理」が、（二）の「トチメンボー」や「孔雀の舌の料理」の発想に何らかの影響を与えたと考えられはしないだろうか。

確かに、明治三十三年九月上旬に初めて開かれたという「山会」に漱石が出席した気配はない（漱石の横浜港出発は九月八日）。まして、以後は子規没後までロンドンである。しかし、「山的料理」の出た「山会」の雰囲気を、虚子や四方太から伝え聞いていたということは充分考えられるのだ。ゆえに、「山会」を継承した形をとった夏目家の文章会では、前述のように鏡子夫人の手料理のもてなしがあり、参加者が何かを持ち寄ったのである。

それに、子規は周知の通り健啖家であった。体の痛みに泣きながらも食う人だったのである。当時の日本派の俳人安藤橡面坊をもじって名づけられた「トチメンボーの料理」が、『ホトトギス』の読者に受け入れられたように、それ以前の享受の場である「山会」においても、この二つの料理は食いしん坊であった子規を、さらには子規生前の「山的料理」を想起させるものであったろう。

この「トチメンボー」と「孔雀の舌」の料理は、竹盛天雄によれば「馳走の相伴にいった側からいえば、実のない不首尾のモチーフのヴァリエーションをたっぷりと味わったことになる」（竹盛前掲書）。

では、なぜ「不首尾」たらざるを得ないかと言えば、「山会」を主催し「山的料理」をなによりも楽しんだ子規がもういないという欠落感ゆえであろう。死者を仲間に加えている気配のある「山会」には、やはり言葉だけの料理の方がふさわしかったのである。

ところで、『猫』の（一）が『ホトトギス』明治三十八年一月号に発表される前、子規の旧居で行われた「山会」でその原稿が朗読された。そこでは、「山会」が子規から託された課題であるという意識とともに、『猫』の朗読が病床にあってあれほど「珍らしき話」「面白き話」を聞きたがっていた亡き子規への供養でもあるという意識があっただろう。三十八年二月号に発表された『猫』の（二）において、苦沙弥グループは、「要するに主人も寒月も迷亭も太平の逸民で、彼等は糸瓜の如く風に吹かれて超然と澄し切つて居る様なもの丶、其実は矢張り娑婆気もあり欲気もある」（傍点筆者）と評されるが、「糸瓜」の比喩の重さを、このような見地から考えてみても悪くはないだろう。

子規の辞世三句[8]に詠まれたように、糸瓜は子規の末期の眼の中に刻印された植物[9]だった。痰を切るために必要だったとは言え、糸瓜棚を作り、終日糸瓜を眺め暮らした子規と糸瓜の結びつきは深い。

漱石にとっても、「糸瓜先生」は、「愚陀仏[10]」と号し俳句を量産して子規に送っていた松山・熊本時代の別号の一つだった。

長けれど何の糸瓜とさがりけり　（明29・9　俳句番号904）

右の句[11]は、鏡子と結婚した年に作られている。子規と漱石の二人にとって、そのような思いを秘めた植物によって苦沙弥サロンは喩えられていたのである。

また、サロンの一員である寒月も富子から「戸惑ひをした糸瓜の様だ」（四）と評されている。ということは、世間から離れ、専ら言葉を職業とする子規グループが、「太平の逸民」として逆に括り出されているのではないだろうか。そして何よりも、亡き子規への供養と鎮魂のために「太平の逸民」は『ホトトギス』誌上の『猫』に甦ったのである。

その甦り方は、以下のようでもある。

子規は、漱石の結婚を俳句を送り寿《ことほ》いだが、そのパロディが、寒月と富子の結婚を新体詩で寿ごうとする東風の試みとなる。もっとも、その「鴛鴦歌《えんおうか》」（十一）は無効になりそうではあるが。

ここで、子規が十年前（漱石の結婚の年）に新体詩に熱心だったことを思い出してもいい。

大兄の新体詩（洪水）拝見致候音頭瀬抔《など》(12)よりも余程よろしくと存候然も処々俗語を調和せんとて遂に俗語に了るものある様に被存候貴意如何

（明29・11・15　書簡番号109）

右のような漱石の新体詩体験が、十年後に当時の新体詩詩人――上田敏・蒲原有明・薄田泣菫――への批判を下敷きに、東風の新体詩批判として（六）で生かされているとも言えようか。俗語を使用してわかる詩を書いた子規の洗礼を受けた漱石が、「あえか」のような詩語に批判的になるのは当然と言えよう。漱石自身、わかりやすい俳体詩（「童謡」明38・1・1）を書き、方言・俗語を使用した俳句を多く作っている。[13]

しかしながら東風は「十年前の詩界と今日の詩界とは見違へる程発達して居ります」（六）と、漱石の批評意識に基づいて苦沙弥・迷亭等の発言を牽制する。ここで東風が暗暗裡に、苦沙弥等の詩感覚を十年前と規定しているように、『猫』は十年前という時間を（四）以降に顕在化させる。それは、「過去にまつわるタテの時間の流れ」（竹盛前掲書）の導入と言えるが、子規と生きた時間として漱石に内在化されていたとも言える。

（四）における十年前の「自炊の仲間」という横につながるグループ[14]の登場は、年齢を異にし趣味・関心によって結びついている縦系列の「太平の逸民」グループを相対化する。さらに言えば、横系列と縦系列の核となっている苦沙弥をことごとく相対化するべく現れるのだ。それは、職業につかず「金魚麩の様」（八）な迷亭・実業家の卵鈴木藤十郎・悟りの境地にいる八木独仙・狂気の立町老梅といった人物そのものの在り方による相対化でもあるし、例えば（六）での彼らの失恋譚によってでもある。

言うなれば、青春回顧に失恋譚はつきものである。鏡花の影響を受けているとされる迷亭の蛸壺峠や、老梅の静岡での水瓜にちなむ失恋は、子規の若き日の旅のパロディとも言える。

子規の木曾路や東北への旅（「旅」『ホトトギス』明37・7・20と「くだもの」同上　明34・4・25）には、常に食べ物と旅先で出会った女性へのほのかな恋の思いがつきまとっている。実際の木曾旅行は明治二十四年、東北旅行は二十六年で、漱石との交流が密な頃なのだ。特に、老梅の場合は、水瓜好きで食べ過ぎては下痢をしたらしい子規を思い起こさせただろう。

ところで、これらの失恋譚は、女というものについての論議を通して苦沙弥夫妻の現在を問うことになる。子規の影をひきずった話の集成が、結局は苦沙弥の現在の相対化につながるということを明瞭に示していることになろう。もう一歩踏み込めば、漱石の眼ざしの中に甦った子規の眼ざしという眼ざしの二重化によって、珍野苦沙弥とそのサロンは造形されたと言えようか。

例えば、胃弱の漱石を連想させる苦沙弥は、（一一）において様々な療法を試す。そのカリカチュアの底には、以下のような子規の頑とした態度が潜んでいるだろう。

小生の病気は単に病気が不治の病なるのみならず病気の時期が既に末期に属し最早如何なる名法も如何なる妙薬も施すの余地無之神様の御力も或は難及かと存居候。（中略）只小生唯一の療養法は「うまい物を喰ふ」に有之候。

（『墨汁一滴』明34・4・20）

以上のように、面白い話の集成としての『猫』において、伽の相手として内在化された子規の影を追うことにより作品の底部を支えている二重の眼ざしをかすかにとらえた。

次に、漱石が子規から受け継いだ最も重要なことは何かを考えていきたい。その過程でこの二重の眼ざしはより明瞭となるだろう。それが現実の人間世界を相対化できる猫の眼ざしにつながることは言うまでもない。

「豊饒で苛烈な諧謔の精神」に裏うちされた写実――漱石が子規から承け継いだ「文」の真髄

さて、最も重要なことは、漱石における「文」のイメージの形成についてである。子規の文章観の真髄をとらえ継承したのは、実のところ虚子を始めとする子規一派ではなく、漱石であった[15]のではないか、というのがこの論の見通しである。

「文章には山がなくては駄目だ」（高浜虚子「漱石氏と私」『子規と漱石と私』所収　永田書房、昭58）という子規の言葉によって、文章会が「山会」と命名されたのは周知の通りである。坂本四方太は、「写生文の事」において以下のように回想している。

> 一句〳〵は餘程苦心してある様だがどうも全體に山が一つもないからいかんといふ事を噛んでくゝめる様に説明された。（中略）
> 特に子規子が工夫せられた山の図といふものが出来て各作者の特色やら又或る一文章に就ての構造やらを一目の下に明瞭ならしむる事が出来た。又た《ママ》水滸傳を講評して彼の山の図に當嵌《あては》めて説明などされた。
> （『子規全集　別巻2』）

「山」説が、いかに子規の文章観の中核を占めていたかを語る回想である。
碧梧桐もまた、『子規の回想』（前掲）の中で「山会」について以下のように述べている。

いくら写生文でも、たゞ触目の光景や事実の漫然たる記録では文章と言ひ難い。文章には文勢も文脈も必要であるが、肝要なのは、其の山だ。つまり層々叙し来つた感興のクライマックスが光らねばならぬ。（中略）「山」の一語も、月並に次ぐ我々間の通語で、山があり過ぎるとか、山が通俗だとか、世間の文章小説類の批判にも大抵山の一語で終始した。

「感興のクライマックス」という「山」のある文章を、子規は唱道したのであり、前述したように、なによりもまず写生文は、「山会」で朗読される「山的文章」だったのである。
なお、四方太、碧梧桐の二人とも写生文という語で回想しているが、松井利彦・相馬庸郎が指摘[16]するように、それが定着したのは子規没後である。ゆえに前掲の四方太の回想で、「山」は「水滸傳」によって説明されていたのである。実際に、「水滸傳と八犬傳」（明33・9、『子規全集14』）において、子規はその面白さを解明しようとしている。四方太は、前掲文に続けて、「根本の法則」は「面白いと思ふ事の外は決して書くな」ということだったという子規の言を伝えている。

月並が俳句のマイナス指標だとしたら、「山」は「文」のプラス指標だったということになる。したがって、子規は事実を尊重する日記においても「山」を追求し、その付属として現在形を推している。

日記とは申せども之を人に示さんとする上は読む人をして面白く感ぜしむるやうに書かざるべからず。（中略）又文章の時間（テンス）は過去に書く人多けれど日記にては現在に書くも善きかと存候。（中略）現在にすれば言文一致體と普通文體との相の子のやうな者出来て都合善き事有之候。

（「消息」『ホトトギス』明33・12・15）

このような要請に応えたものが、「『ほと、ぎす』で募集する日記体でかいて御目にかけ様」という漱石の子規・虚子への三通の手紙（明34・4・9　書簡222、4・20　書簡223、4・26　書簡224）で、子規が題名をつけた「倫敦消息」（『ホトトギス』明34・5〜6）だったのである。いわば、『猫』は子規の懇請にもかかわらず書かれなかった第四便のかわりに、あの世にいる子規へのこの世からの通信めいたところもあると言えようか。

すなわち、亡き子規を喜ばせる伽が、漱石自身をカリカチュアライズした苦沙弥の近況であり、子規の青春の回顧のパロディであり、子規が生命をかけて革新しようとした文学状況であり、足なえの子規が「生れ出でたる憲法は果して能く歩行し得るや否や」（『墨汁一滴』明34・

2・11）と心配した政治状況だったのである。そして、それらを「山」のある文章の連続として発表したのが『猫』だったのである。

この「山」を示唆する話を、佐藤紅緑は以下のように伝えている。

> 今春訪ねた時、非常の苦悶中であつたが、暫らくして苦しき息のとぎれ〳〵にいふた。「どうも此んなに苦しくてはヒドイぢやないか、もう死んだと同じだ、死んだ方がよい、誰れか殺してくれんかしら、（中略）」「アアさうだ。飄亭《ひようてい》[17]に薬を造つてもらふのだね、（中略）」「劇薬の積りで、飄亭は何か笑ひ薬か踊り薬といふ様なものを入れて置いたら山が出来るね。愈々此の一服で死ぬるのだといふので、家族のものやら君等が枕元に並んで居るさ。水を打たる如くになつて居るさ。其處で僕が飲む。自分でモウ死んでしまつた積りになつて居るさ。さうすると薬が利き出して、急に笑ひ出す、踊り出す、ステ、コか何かで踊つたら滑稽だらうじやないか」翁の話は大抵此の様に悲しい話でも御しまひは滑稽に帰着してしまふのである。
>
> （佐藤紅緑「子規翁」明35『子規全集　別巻2』傍点は筆者）

明治三十五年春、死去する半年程前の苦しい息の下で語られたこの「悲しい話」で、「山」がこのように使用されていることは、子規がイメージしていた「山」のある文章というものについて深い示唆を与えてくれている。つまり、この話の「山」が、死を眼前にした子規の滅入る他ない精神を一瞬飛躍させる治癒力を秘めていたということである。それは、当の子規ばかりでなく、病状を案じ枕頭を囲んでいる人達にも作用していただろう。

さらに言えば、瀕死の子規と彼のグループとの深い心の交流の中でこそ、「山」のある話は作られたといっていい。つまり、ある場（座）において、追いつめられた状況を笑いによって超越できる一種の治癒力を秘めた想像の形が「山」なのである。死に瀕した子規が悲惨な生のあり方を逆手にとった悲しい笑いが「山」だったのだ。絶望的な生の苦しさを、哄笑を誘う滑稽に転化できた子規の想像力の真骨頂であろう。

このような「山」のある話を自在に作り想像の「山会」で発表し、生者・亡者とりまぜての旧友たちとの心の交流をとりもどし、神経症的精神の危機を脱したのが、『猫』を書き出した当の漱石だったとも言えるだろう。

『猫』の明るい茶の間で細君に「馬鹿々々しいは、あなたの様な胃病でそんなに永く生きられるものですか」（三）と断言され、「生きて入《い》らつしやるのも御嫌《おきらひ》なんでせう」（五）と図星を指される「牡蠣的主人」（二）の苦沙弥は、「うふと気味の悪い胃弱性の笑を洩」（五）らす他ない。そんな会話からは作者漱石の生きがたさが露呈し、背後には『道草』（大4）の暗さも覗かれる。『猫』に導入された滑稽な「山」は、自身生きがたかったからこそ、笑いが必要だったということではないだろうか。

英国留学から帰国後の追い詰められた漱石の状況については周知のことだから繰り返さない。

しかし、八方塞がりの窮地を乗り切り、職業作家の道を切り開いたのは間違いなく『猫』を執筆した漱石なのである。それは、子規が瀕死の床の中で「山」のある話を考え枕頭を囲む人たちに語った行為と、はからずも似ていはしまいかと思うのだ。

病床の子規については、日本新聞社主で子規を育てた陸羯南の言が残っている。

脊髄はグチヤ〱に壊れて居る、ソシテ片つ方の肺が無くなり片つ方は七分通り腐つて居る、八年間も持たといふことは実に不思議だ実に豪傑だね　(佐藤紅緑「子規翁」前出)

そのような状態で、自分の死への願望というありのままの姿を基点とし、「寝返り一つ出来ない、この生きながらの苦しみ」(碧梧桐)の上に子規の話の「山」は形成された。ということは、「山」を作るためには、ありのままの姿の描写という写生が有効だったということなのだ。写生と「山」は対立するものではなく、互いに必要であり、表裏一体であるとさえ言える。この証左として子規の「文」を検討する前に、再度「悲しい話」の「山」について考えてみたい。

病床六尺に縛られ、足の立たない子規がステテコ踊りを踊るというこの想像の「山」に、ここで漱石らとすごした青春の匂いを嗅ぎあてても悪くはないだろう。この「山」は、生の苛酷さを掬い上げ、キラキラと明るい物語を一瞬のうちに笑いと共に現出しさえする。

子規と漱石は学生の頃、落語好きという共通の趣味によって友人となったのであり、恐らく落語家円遊のステテコ踊りは、共通の寄席体験であったろう。『猫』では、落語の影響がつとに言及されていて[18]、金田鼻子の命名は円遊の鼻から連想されたという指摘があるし、「心臓が肋骨の下でステ、コを踊り出す」（十二）と取り入れられている。子規は、「落語生」というペンネームで落語の語調を生かして「墓」（明32・9）という作品を書き、その中で、死後の生活の手引きを「圓遊に細《くわ》しく聞いて来るのだツた」と洒落ている。つまり、寄席体験が二人の中には深く沈み、文体においても落語の語り口が生かされているのである。「山」もまた

落語の山のやうな山が、文章にはなければならん、という子規の主張（後略）

（高浜虚子『俳句の五十年』中央公論社、昭17）

から導入されたのだった。佐藤紅緑の伝える「悲しい話」は、「墓」系列の作品（「死後」「犬」）に昇華される以前の思いつきめいた話であるが、それ故にその発想の骨組みや「山」のあり方が露わになっていると思われるのだ。

この「山」は、坪内稔典「写生と口誦」（『文学』昭59・9）によれば「写実的の小品文」にもあり、「口から耳へ伝えるという口誦によって、読者との共感（＝山）が生ずる」のであった。「写実的の小品文」の書き方を具体的に示した「叙事文」（明33・1〜3）の例文となった

須磨についての文章は、渡部直己『幻影の杼機─泉鏡花論』（国文社、一九八三）冒頭において緻密に分析されている。想像力溢れた象徴的文章だという渡部の指摘は、とりも直さず、「山」のある文章ということだろう。

また、子規の死の五日前の口述筆記の小品文「九月十四日の朝」（明35・9・20）については以下の評がある。

ここに見られる澄明な写実的世界が、豊饒で苛烈な諧謔の精神と表裏一体をなすものであったことは、幾度も注意されてよいことだ。

（相馬庸郎「創始期の写生文」『子規・虚子・碧梧桐─写生文派文学論』洋々社、昭61）

後に虚子が伝える「事柄を忠実に写生する文章」（「写生文」『子規と漱石と私』所収、前掲）という「写生文」の定義が一人歩きして子規グループを席巻し、原『猫』（一）を読んだ虚子は、「山会で見た多くの文章とは全く趣を異にしたもの」で、「四方太君などは漱石氏の文芸に不服」（「漱石氏と私」）であった旨を伝えている。

しかし、日記にすら面白い「山」を求め、文章会を「山会」と名付け、互いに「山的文章」を朗読し合い、「山」を文章の基準に批評し創作した子規の文学活動を振り返るとき、この子規の「文」のイメージを忠実に受け取り、写実の裏側に「豊穣で苛烈な諧謔の精神」を息づかせ、「山」のある文章を書き続けたのは、漱石だけではなかっただろうか。

さらに、子規から漱石が受け継いだ写生の真髄は、何も「文」だけではない。「その三十五」にも及ぶ「子規へ送りたる句稿[19]」を思い出すだけで十分だろう。

ところで、『猫』の最終章は明治三十九年八月一日発行の『ホトトギス』に発表されるのだが、同年五月五日付の森田草平宛の手紙で漱石は「所謂写実の極致といふ奴をのべつに御覧に入れてアッと驚ろかせる積丈《つもりだけ》は成算が出来て居る」（書簡570　傍点ママ）と予告をしている。「写実の極致」を実作で示すと言っているのだ。

最終章は、苦沙弥・迷亭・独仙・寒月・東風等が総登場し、「呑気なる迷亭君と、禅機ある独仙君」の囲碁風景で幕があく。必死になっている二人の様子は、子規の『病牀六尺』の以下の部分を想起させる。

平生は誠に温順で君子と言はれるやうな人が、碁将棋となるとイヤに人をいぢめるやうな汚ない手をやつて喜んで居る。（百二十一　明35・9・10）

次の寒月のバイオリンの噺は、噺をする行為とじらされる一座の噺の展開を待ち期待する心の膨らみを目配りしてのエピソードであろう。いわば、同じ時間を生きる一座の息づかいを感じさせ、その息づかいは『猫』の読者にまで伝わってくる。それから、寒月の結婚報告、女性批判、結婚不可能論、「探偵」論から文明批判、そして死の賛美に至る、それらの論争を「呑気と見える人々も、心の底を叩いて見ると、どこか悲しい音がする」（十一）と相対化できる猫は、残りもののビールを飲んで酔っぱらって庭の甕に落ちて死ぬ。想像力を駆使して結婚・家族・制度・文明等のからくりをあばいての大団円。それが、漱石にとっての「写実の極致」であった。

漱石は、はやりの写生文家について次のように言っている。

或は中心が無い。或は山が無い。或は人を惹き付ける《アットラクト》力が無いと云ふ場合が、比較的に多い様に見える。（中略）或場合に在つては、多少の創造《クリエーション》を許すが故に充分attractiveとなり、attractiveであつて初めて芸術的にリヤルとなる。かうやつたら事実に違はうか、さうしたら嘘にならうか、と戦々兢々として徒に材料たる事物の奴隷となるのは文学の事ではない。

（「文章一口話」『ホトトギス』明39・11・1）

つまり、漱石は「事物の奴隷」となることなく、事物の向こう側にあるものをリアルに描ける写生文をめざしたということなのだ。それが、人を惹きつける「山」のある文章だというのだ。そこには次のような子規の『病牀六尺』中の述懐と、それについての大江健三郎の解説

（「子規の根源的主題系《テマティック》」『子規全集11』講談社、昭50・4）とに通底するものがほの見える。

《草花の一枝を枕元に置いて、それを正直に写生して居ると、造化の秘密が段々分つて来るやうな気がする。》

造化の秘密、それは人間がそのなかに生きている世界の全構造の秘密である。一枝の草花の正確な認識が、そのまま世界の全構造の秘密の核心に向けて人間の想像力を飛翔させる。その認識と想像力のあいだの具体的な人間の行為による橋わたし。そのような機能をもつものとしての写生。（傍点ママ）

「山」を作り出すことのできる写生とは、絵画としての写生に根ざしていた。それは、「認識と想像力」の「橋わたし」という機能を密かに秘めている。つまり、写生文の「山」という想像力を駆使した面白い事は、写生の向こう側の「造化の秘密」に至る一つの突破口となり得る重さを潜在させていたのである。

「聴衆がドッと笑ふ、その笑ふところが即ち話に山がある」（『俳句の五十年』前出）という高浜虚子のとらえた「山」の笑いから始まった『猫』の笑いは、次第に明治社会の深部をえぐり始める。それは、漱石にとって一つの「造化の秘密」に比すべきものであっただろう。つまり、それは、子規の眼ざしを内在化させ、その二重の眼ざしによって相対化された写実であり、「豊穣で苛烈な諧謔の精神」に裏うちされた写実ということであった。それが、子規から漱石が受け継いだ「文」のイメージの原型ではなかっただろうか。

伽としての「山」のある面白い話という口承文芸的なものと、その特徴とも言える話者の語る現在形の文体をひきずりながら、その「文」のイメージをかたくなに守ったのが漱石であったと言えよう。漱石の意識の中では、少なくとも初期の作品は小説ではなく「文」であったようだ。次の虚子に宛てた書簡がその証左である。

小生は生涯に文章がいくつかけるか夫が楽しみに候。（明39・7・26　書簡599）

右書簡中の「文章」とは、子規から受け継いだ「山」のある文章の謂であり、写生文ということになろう。そのように意識して、漱石は「西洋から移植された」「其直輸入品の一つ」である「小説」（談話「家庭と文学」明40・2・1）に対抗しようとしたと考えられる。その第一作が、子規とは「始終無線電信で肝胆相照らして居たもんだ」（十二）と苦沙弥先生の口を借りてふともらした『猫』だったのである。子規と自分の交錯する二重の眼ざしによって、「事物」の向こう側をとらえ相対化したのが漱石の『吾輩は猫である』だったのだ。

注

1 「伽」は明治三十五年三月末からである。話材は「子規に縁故のある世間話が主で、根岸界隈の風聞、『日本』社員の消息、芝居話、寄席話、市区改正状況、故郷松山の古今雑談、政界文界業界有名人士の逸話、流行物、時には多少の猥談にも渡る」（河東碧梧桐『子規の回想』昭南書房、昭19・6）。

2 松村達雄・斎藤恵子注による（『夏目漱石集Ⅰ　日本近代文学大系24』角川書店、昭46）。

3 明治三十三年六月中旬、子規は水彩画東菊図を漱石に贈る。その賛に「下手《まづ》いのは病気の所《せ》為《ゐ》だと思ひ玉へ。嘘だと思はゞ肱を突いて描《か》いて見玉へ」とある。後に漱石はその画について「拙《まづ》くて且真面目である」「隠し切れない拙《せつ》が溢れてゐる」（「子規の画」明44・7）と愛情をこめて評している。

4・5 『子規全集12』による。5は明治三十二年十月二十一日。

6 『ホトトギス』の主要同人たちによって定期的にひらかれた文章会「子規の枕頭で行われたのに始まり、子規没後は、虚子が長く主宰した」（相馬庸郎「写生文の持つ可能性」『子規・虚子・碧梧桐――写生文派文学論』所収、洋々社、昭61）による。

7 「『ほとゝぎす』二巻五号の東京俳句会報中に一月廿五日の臨時句会後「右終つて宴を開く……酒間落語数番、中にも地獄巡り俳諧炭俵（墨水演）といふものゝ如きは非常に大喝采」」（河東前掲書）による。なお、墨水の落語は自作。正月句会後の「宴」ほぼ毎年開催。

8　明治三十五年九月十八日朝に詠まれた子規の三句。「糸瓜咲て痰のつまりし佛かな」「をとゝひの糸瓜の水も取らざりき」「痰一斗糸瓜の水もまにあはず」翌十九日死去。享年三十六。

9　「糸瓜の花の咲くたびに糸瓜の棚を見るごとに、更に糸瓜の題に接する毎に、一種耐ふべからざる悲哀の連想を生ぜねばならない」（露石「糸瓜佛」『子規全集　別巻2』）

10　「愚佗仏」の「愚」は、後の漢詩（「無題」大5・11・19）の「大愚難到」に通じ、糸瓜に大愚を象徴させているか。なお、俳体詩「無題」には「兀々《こつこつ》として愚なれとよ」（野間真綱宛絵葉書　明37・10・11）とある。「大愚」を理想的な人間の生き方とする姿勢は子規と共通する。

11　この句は、冒頭引用した「中編自序」中に引用されている。

12　明治二十九年十月五日作の新体詩「音頭の瀬戸」のこと。『日本人』（明23・10・5）に発表された。

13　拙稿「漱石の俳句世界——作家漱石に至るまで」『日本近代文学』第39集（昭63・10）で述べた。『散歩する漱石—詩と小説の間』（翰林書房、一九九八・九）に所収。

14　そのグループの一人は、子規と漱石の共通の友人米山保三郎をモデルにした曾呂崎で、「天然居士」（三）は、実際に円覚寺管長から授けられたもの（前出注2に引用の松村達雄・斎藤恵子注による）。また、子規も以下のように菊池謙二郎宛書簡（明34・1・10）で話題としている。「米山の鼻を如何なる鼠がかぢり候やらん小生も時々思ひ出してはをかしく成申候」

15　柄谷行人「俳句から小説へ—子規と虚子」（『国文学』平3・10）に、既に「子規がいう意味での「写生」の問題を考えていて、しかも小説に向かったのは、漱石だけである」という指摘がある。

16　「生前の子規は「写生文」という語をほとんど使っていない。定着したのは子規の没後である。（松井利彦氏は一度しか用いていないといわれる──『正岡子規集　日本近代文学大系16』「叙事文」頭注）」（相馬庸郎「創始期の写生文」、所収は前掲注6に同じ）

17　五百木《いおき》飄亭《ひょうてい》（一八七〇～一九三七）は俳人。本名良三。松山の在の生れ。松山医学校を卒業後、上京し本郷常盤会寄宿舎で子規、非風らと句を競い、子規の俳句革新運動の先駆をなした。日清戦争に看護長として従軍、新聞「日本」に「従軍日記」を連載、好評を得た。帰国後、日本新聞社に入り社長陸羯南と国事に奔走し、後半生は対外政策の論客として終始した。

18　水川隆夫『漱石と落語──江戸庶民芸能の影響』（彩流社、一九八六）参照。

19　小室善弘『漱石俳句評釈』（明治書院、昭58）によれば、漱石が作句に最も積極的だったのは松山・熊本時代で、生涯の作句総数の七割に相当する句が作られ、「一、二を除いてすべて子規に宛た句稿であり、なかば私信のごとき性質を合わせ持っている」。

Ⅲ　歴史の裂け目

海嘯《つなみ》去って後すさまじや五月雨（明29）

漱石と自然災害

1

漱石は人生の中で、結構自然災害に出遭っている。そのような災害が、漱石になんの影響も与えなかったとは言えないだろう。自然災害が漱石に与えた影響について考えるに当たって、記憶が風化しないように十六年前の阪神淡路大震災のことから始めたい。

平成七年一月十七日、私は阪神大震災に遭遇した。二階に寝ていた私は、揺れが余りに異常なのに驚き、すぐ階下に降りようとした。しかし階段がまるで軟体動物のようによじれるのですぐには降りられず、布団を被って揺れの止むのを待つしかないという思いが一瞬、脳裏をかすめたが、踏み出した足の方向を転換することができずに何とか階下に降りた。そこで、ゴーというこの世のものとも思えぬ地鳴りと、下から激しく突き上げるような縦揺れと、テレビが飛び出し書棚の本がすべてこぼれ落ちる横揺れに家族で耐えた。

揺れの収まった後、食器棚からあふれ落ちてコナゴナになったガラスや陶器の破片を、靴を履いて踏みしめ二階に上がってみると、ちょうど私が寝ていた布団の上に和ダンスの上部が倒れ落ちていた。もし、あのまま二階に留まっていたらと思うと背筋が凍った。後で職場の同僚の母上が、和ダンスの下敷きになって亡くなられたと聞き、一瞬の判断が生死を分けたのだと、悪寒が走った。

その後、神戸港まで一望できる三階のベランダから市街地を眺めると、午前六時前の朝もやの中から灰色の煙が二筋三筋立ち上っているのに、非常に静かであった。火事の発生に何の対応もできず、消防車も救急車も走っていなかったのだ。長田区に隣接する兵庫区の我が家にもその日の夕方には火事が迫り、消防団の方から重要書類をまとめて山に逃げなさいと半ば強制され、リュックサックに詰め込んでさあ山へと悲壮な決意をしかけたところで、火事はなんとか食い止められた。

この時の報道は、辛抱強くモラルを守る神戸市民というものだったが、やはり治安は悪くなっており、万引き、こそ泥のたぐいが多発していた。早く学校を再開してほしいという要望も強かったと聞く。それから十六年後の東日本大震災の時も、戦争中の大本営発表のように東北人ひいては日本人の真面目で礼儀正しく我慢強い気質礼賛の一辺倒でメディアは統一されていた。地震のゆれによる破壊と大津波による冠水で制御不能状態に陥った原発についてさえ、発生当初は根拠のない安全神話に依拠して報道がなされていたが、放射性物質の環境への大量放出が分かりすぐに化けの皮が剥がれた。だから治安面についても実際のところは現地の人にしか分からない。

死者・不明者二万人という戦後最悪の東日本大震災に比較すると死者・不明者六千人の阪神大震災も相対化されるのだが、渦中で生活していくのは大変だった。

ガス・水道・電気が止まり、神戸市民は一カ月以上風呂に入れなかったから、市バスに乗車すると異臭がした。私は近場の温泉や親類や友人宅の風呂を転々としていたが、異臭のする乗客の一人であっただろう。交通網が寸断され、大阪へは神戸港ハーバーランドから天保山行きフェリーに乗ったが、大勢の乗客を収容するため床にブルーのシートが敷いてあるだけで、しみじみと震災難民だと感じた。

大阪に着くと何も変わっていない日常が続いていた。電車も道路も建物もそのままで、人々の表情も明るく、神戸で目にした押し黙って陰鬱な震災難民などどこにも居ず、まるで違う国に来たのだとさえ思えた。ただ、「神戸の人は臭いからわかるわ」と耳にした時は、やはり対岸の火事なのだと腹が立った。今では、阪神大震災がボランティア元年と言われているが。

東日本大震災では、津波の凄まじさがテレビ映像でながされる度に、日本人すべてが魂を抉られるような恐怖と自然の底知れない不気味さを感じたはずだ。その上、放射能は目に見えないが確実に被災地を脅かしつつある。肉、魚、茶、米、水と次々に問題が明らかになり、住民は内部被曝という逃れ難い厳しい現実に直面している。アメリカの原子力産業のいうがまま原発推進できた電力政策をなんとかしないと、この先どうなるだろうと考える度に、日本は「亡びるね」という『三四郎』（明41）の広田先生の言葉が響いてくる。

2

阪神大震災の渦中にいて、始め私は身の周りのことで精一杯で何がどうなっているのか分からなかった。やがて頑丈に見えた阪神高速道路の脚柱が倒壊したり、六千人もの人々が圧死した災害の全貌が日を追って明らかになって行くにつれ、何ともしがたい無力感にとらわれ、それは今でも私の胸中にわだかまっている。神戸は復興したと外面的には見えるが、下町には空き地や駐車場が拡がり、空き家もかなりあって、寂しい。その上での東日本大震災は、自然の脅威をまざまざと見せつけて、「吊り橋のような日本列島」（寺田虎彦）を実感させる。

漱石の場合、自然災害はどのような影響を与えたのだろうか。以下、その成長を追いながら考えてみたい。

明治十四年一月九日、母ちゑの死去のあと、一月二十六日、関東大震災以前最大の火事が起こった。お玉が池の火事と呼ばれ、神田全焼、五十二カ町、一万六百三十七戸が全半焼した。(1)

千代田区から江東区に及ぶ二日間にわたっての火事は、メディアがまだ発達していなかったとはいえ、なんらかの形で少年金之助にも伝わっただろう。やはり火事が三日間に及んだ阪神大震災を経験した私には、思春期の少年を襲ったその不気味さと不安と恐怖は少しは想像がつく。

この年、金之助は東京府立第一中学を中退し、四月、漢学塾二松学舎に入学し漢文学を学び始めた。その原因としては母ちゑの死が考えられるが、お玉が池の火事の影響もあったのかもしれないと思う。いわば無常観のようものを深めたのではないだろうか、と。

近代の母性神話から覗うと、三浦雅士の指適(2)は、作品の綿密な分析が一貫しており説得力のあるものだ。が、慶応三年生まれの漱石が、自分は近世と近代との「海陸両棲動物」(「文芸と道徳」明44・8)と後で喩えるように、母ちゑは、御殿奉公をしてから質屋に嫁ぐが離婚し、遊女屋伊豆橋を経営する姉の許に戻った後、炭問屋の養女となり、後妻として夏目家に嫁いだ人だった。伊豆橋と夏目家は仲が良く、子供たちが十日でも泊まりに行く関係だったという。

このような環境と経歴から、ちゑが、江戸時代の気風の持ち主で、その上、女中がいても明治の家庭生活における家事労働の占める割合は今の比ではなく、六人兄弟の末子として生まれて養家の塩原姓のまま家族内での位置が不安定な金之助に対して、ちゑは母である前に夏目家をまとめる女主人としての役割の方も重かったと思われる。

先妻の娘一人(さわ)は遊女屋伊豆橋に嫁入りし、もう一人の娘(ふさ)の婚家の向かいが東屋という芸者屋だったというから、兄たち(大助、直則、直矩)の道楽ぶりには納得もするが、この頃の思い出が『永日小品』の「心」や、『硝子戸の中』(十七)として表出されている。

しかし、漱石の内面から読み解くとすると、肺結核による長兄大助の死(明20・3)、次兄直則の死(明20・6)を経験し、兄嫁登世《とせ》の死(明24・4)を子規に伝える手紙には、「小子俳道発心につき」と悼亡の句を十三句並べ「洋文学の隊長とならん事思ひも寄らぬ」と志を否定し「何事もやり遂げぬ段無念とは存候」(明24・8・3　書簡番号20)と志を貫くことをあきらめている。兄嫁登世への恋(江藤淳説[3])は有名ではあるが、この恋の背後にはコレラの流行という都市災害があるだろう。東京府の患者総数四千二十七人、死亡者三千三百七人で、全国では死亡者三万五千二百二十七人[4](明23)である。不気味な死の気配の漂い始めた非衛生的都市の中で、兄嫁とのインセスト・タブーという縛りのなかで、「吾恋は闇夜に似たる月夜かな」「一片の精魂もし宇宙に存するものならば二世と契りし夫の傍か平生親しみ暮せし義弟の影に髣髴たらんか」と反語的に問い「涙にむせび候」と子規に告白している。

明治二十四年十月二十八日には、建物の全壊十四万二千戸、死者約七千三百人という未曽有の大災害となった濃尾地震が、岐阜・愛知両県下で発生した。阪神大震災並みの死者数である。東京も大きく揺れ、終日余震があったという。漱石は「僕前年も厭世主義今年もまだ厭世主義」(明24・11・10　書簡23)と、気分が落ち込んでいる。

明治二十五年七月二十三日から二十四日にかけて、岡山県下が洪水に見舞われる。岡山市を貫流する旭川が氾濫し、次兄直則の女房であった小勝の再婚先(現・岡山市西大寺金田)に祝いの品を届け金田村から岡山市に帰って来た金之助は、次のようにその様子を報告している。

当地の水害は前代未聞の由にて此前代未聞の洪水を東京より見物に来たと思へば大に愉快なる事ながら退いて勘考すれば居席を安んぜず食飽に至らず随分酸鼻の極に御座候（中略）当家は旭水（旭川）に臨む場所にて水害中々烈しく床上五尺程に及び二十三日夜は近傍へ立退終夜眠らずに明し（以下略）（明25・8・4　書簡26）

明治二十七年六月二十日には、安政二年（一八五五）の大地震以来最大で明治年間最強といわれた大地震に遭遇しており、漱石は狩野享吉と一緒に市街を歩き、被害を見て回っている。明治二十七年から二十八年にかけて、神経衰弱の症状著しく、幻想や妄想に襲われる。二十七年末には、鎌倉の円覚寺の帰源院に滞在し参禅を続け、下山したのは翌年一月七日である。この経験は『門』（明43）の野中宗助の参禅に活かされた。四月の松山行きは、妻鏡子によると、女性の問題で悩んだ結果、持ち前の偏屈さと一生つきまとった神経症または神経衰弱から起こった突発的な出来事[5]という。

明治二十九年六月十六日、三陸地方の大津波は、今回の東日本大震災の明治版で、死者二万七千百二十二人、住宅破壊一万三百九十戸という最大の被害であった。この三陸の津波と明治二十四年の濃尾地震について、漱石は第五高等学校『龍南会雑誌』（明29・10）で「人生」と題して次のように言及している。

三陸の海嘯濃尾の地震之を称して天災といふ、天災とは人意の如何ともすべからざるもの（中略）吾人の心中には底なき三角形あり、二辺並行せる三角形あるを奈何せん（中略）若し人間が人間の主宰たるを得るならば、若し詩人文人小説家が記載せる人生の外に人生なくんば、人生は余程便利にして、人間は余程えらきものなり、不測の変外界に起り、思ひがけぬ心は心の底より出で来る、容赦なく且乱暴に出で来る、海嘯と震災は、啻《ただ》に三陸と濃尾に起るのみにあらず、亦自家三寸の丹田中にあり、険呑なる哉、

ここには、明示されてはいないが「自家三寸の丹田中」に湧き起こった「思ひがけぬ心」を経験した漱石がいる。三陸の津波・濃尾地震という自然災害を、凄まじい荒れ方をした心として自分の心中に降ろした時、英文学者よりも小説家になる必然性が用意され始めたと言えようか。ロンドン留学中に英文学への疑念に苦悩し、神経衰弱となり、帰国後、鏡子との別居などを経て「予の周囲のもの悉く皆狂人なり。それがため予もまた狂人の真似をせざるべからず」と書き示したりしながらも、『吾輩は猫である』（明治38）を書き始め、八木独仙の口をかり、西洋文明の元凶を大づかみした次のようなことを言っている。

西洋人のやり方は積極的積極的と云つて近頃大分流行るが、あれは大なる欠点を持つて居るよ。第一積極的と云つたつて際限がない話しだ。いつ迄積極的にやり通したつて、満足と云ふ域とか完全と云ふ境にいけるものぢやない。（八）

まさに今日の、核の平和利用という原発の在り方がそうだろう。3・11を経験し原発の事故による放射性物質の環境への蓄積、人体の内部被曝という問題をこれから半世紀以上も背負っていかなければならない日本人にドンと応える明察である。進歩を追求した結果に「満足」などないことは考えれば分かることである。

寺田虎彦はさらに次のように警告を発している。

日本はその地理的の位置がきわめて特殊であるため（中略）気象学的地球物理学的にもまたきわめて特殊な環境の支配を受けているために、その結果として特殊な天変地異に絶えず脅かされなければならない運命のもとにおかれていることを一日もわすれてはならないはずである。（中略）文明が進めば進むほど天然の暴威による災害がその激烈の度を増すという事実である。

（「天災と国防」昭9・11）

西洋文明との衝突によって、自己解体の危機に瀕した漱石は、「帰朝後の余も依然として神経衰弱にして兼狂人のよしなり」(『文学論』序[6] 明39・11)と開き直り、大学講師を辞め東京朝日新聞の専属記者として次々に連載小説を発表していく。

明治四十四年八月、漱石は和歌浦での講演で「現代日本の開化は皮相上滑りの開化であると云ふ事に帰着するのであります、(中略)事実已むを得ない、涙を呑んで上滑りに滑つて行かなければならないと云ふのです」(「現代日本の開化」)と語っているが、この状態は確かに今も続いてる。その「涙」の中には、阪神大震災・東日本大震災の被災者の涙も入るだろう。そんな中を私たちは生きていかねばならない。

注

1 荒正人『増補改訂 漱石研究年表』集英社、一九八四・六
2 三浦雅士『漱石 母に愛されなかった子』岩波新書、二〇〇八・四
3 江藤淳『決定版 夏目漱石』新潮社、一九七四・十一
4 『近代総合年表 第二版』岩波書店、一九八四・五
5 夏目鏡子『漱石の思ひ出 前篇』角川文庫、昭29・11
6 『漱石全集 第十六巻』岩波書店、一九九五・八

運動会の美学

明治に始まった運動会――『浮雲』と『三四郎』から

近代文学における運動会の描写で、記憶に残るものが二つある。一つは、二葉亭四迷の『浮雲』（明20～22）で、お勢の弟の運動会が飛鳥山で行われるという話である。もう一つは、夏目漱石の『三四郎』（明41）の中の、東京帝大の運動会の描写である。

『浮雲』の場合は、お勢の母のお政が、運動会という言葉が分からなくて、「饂飩《うどん》会」と言っている。その会で、「蕎麦買ひとかをするから」と言うお勢の弟に、お政は五十銭を巻き上げられる。あとで、お政は、「書生の運動会なら、会費と云ッても高が十銭か二十銭のもんですよ」（七）と、本田昇に笑われるのである。お政は、運動会という言葉に馴染みがなく、まして、その中身については皆目分からなかった。ということは、運動会が、一般庶民にはまだ定着していなかったことを表している。

ほぼ、二十年後の『三四郎』の場合は、その会場の入口には、日英同盟（明35）を記念して、日の丸と英国国旗が翻っており、見物人も多く、婦人席が設けてある。フロックコートを着て、正装した野々宮さんが、計測係として活躍している。着飾った婦人で一杯の婦人席の、前列の柵際に美禰子とよし子が陣取っていて、そこへ野々宮さんが立ち寄り、親しげに話しているのを見て、三四郎は嫉妬の情を覚えている。その嫉妬は、野々宮さんばかりではなく、裸の肉体をさらしている選手にも向けられている気配がある。それは次のような三四郎の眼差しによる描写から感じられる。

運動会は各自勝手に開くべきものである。人に見せべきものではない。あんなものを熱心に見物する女は悉く間違つてゐると迄思ひ込んで、会場を抜け出して、裏の築山の所迄来た。（六の十）

運動しているたくましい肉体への三四郎の羨望の念とともに、露わになった肉体を美禰子が鑑賞していることへの三四郎の嫉妬が、感じられるのだ。ここには、肉体の捉え方のパラダイムの転換が窺える。隠されるものとしての肉体から、美として鑑賞されるものに変わりつつあるのだ。隠微なかたちで、肉体の核としての性の問題が見え隠れしているとも言えよう。

もっとも、この部分に関して、三浦雅士は、『身体の零度―何が近代を成立させたか』（講談社選書メチエ、一九九四・十一）で前後をふくめて引用して、以下のように述べている。

運動会に対して三四郎がかなり批判的な姿勢をとっている背後に、漱石の軍国主義批判が隠されていないとはいえない。だが、より興味ぶかいのは、それが同時に、計測される身体への反発を思わせるところである。

三四郎の「批判的な姿勢」のよってきたるところを、私は嫉妬として読解したけれど、このような見方もできないわけではない。

というのは、三四郎の見た運動会が、どのようなものであったかというと二百メートル走や砲丸投げや走り幅飛び（長飛び）やハンマー投げ（槌投げ）が行われ競技毎に計測されているからだ。その計測係が野々宮さんで、運動会というより陸上競技会の様相を呈している。『浮雲』の場合、庶民には、その実態が分からなかった。それどころか、「饂飩会」と誤解され、蕎麦を食ったりする飲食の会とさえうけとられていた。そんな運動会が、二十年後には、どうやら衆目の関心を集める国家的行事に成長している。

いずれにせよ、運動会が明治に始まり、明治を象徴するイベントという意識があったからこそ、二人の作家は二十年間という時間の隔たりにもかかわらず運動会をあえて登場させたのだろう。私たちには秋の風物詩あるいは季語に過ぎないものとして慣れ親しんだ運動会であったが、その行事に、明治という国家の核――「軍国主義」という核が、隠されていたと言えようか。初代文部大臣森有礼は、小学校視察として運動場ばかり見て回っている。そこで、将来の兵隊行進に都合がいいように「なんば」という従来からの日本人の歩き方を現在の西洋式に換えたのである。

外に、二作品に共通するものとして、団子坂の菊見という菊人形の見物があるが、そのことはひとまずおいて、運動会の前に、運動ということから考えてみたい。

運動の導入――「調教」される国民の身体

運動ということで思い出すのは、『吾輩は猫である』（明38～39）の以下の部分である。

吾輩は近頃運動を始めた。猫の癖に運動なんて利いた風だと一概に冷罵し去る手合に一寸申し聞けるが、さう云ふ人間だつてつい近年迄は運動の何物たるを解せずに、食つて寝るのを天職の様に心得て居たではないか。無事是貴人とか称へて、懐手をして座布団から腐れかゝつた尻を離さゞるを以て旦那の名誉と脂下《やにさが》つて暮したのは覚えて居る筈だ。運動をしろの、牛乳を飲めの冷水を浴びろの、海の中へ飛び込めの、夏になつたら山の中へ籠つて当分霞を食へのとくだらぬ注文を連発する様になつたのは、西洋から神国へ伝染した輓近の病気で、矢張りペスト、肺病、神経衰弱の一族と心得てい丶位だ。（中略）

海水浴は追つて実行する事にして、運動丈は取り敢ずやる事に取り極めた。どうも二十世紀の今日運動せんのは如何にも貧民の様で人聞きがわるい。運動をせんと、運動せんのではない、運動が出来んのである、運動をする時間がないのである、余裕がないのだと鑑定される。昔は運動したものが折助《おりすけ》と笑はれた如く、今では運動をせぬ者が下等と見做《みな》されて居る。（後略）

（七）

以上の引用からは、江戸から明治になって運動を巡っての評価が逆転したことが分かるのだ。西洋から輸入され、運動しなければならないという強迫観念にまでなったらしい。なにしろ、名前のない猫ですら、運動しようと決心している。

江戸時代では武術の鍛錬（刀の素振り、弓術、柔術など）が運動だったのだろう。

三四郎は元来あまり運動好きではない。国に居るとき兎狩を二三度した事がある。

（六の九）

とあるように、兎狩の延長上に運動を考えていて、歩行することを運動とは択えていなかった。歩くと「折助」（武家に仕える下僕の俗称）みたいと笑われたことが、明治になると褒めそやされることになったのである。

この運動から考えて行くと、作者漱石は、かなりの欧化主義者ということになるかもしれない。第一高等中学校時代は、器械体操が得意であったし、明治二十二年という早い時期に海水浴もしている。結核の治療ということで、大弓（明27）もやっている。後には「エキザーサイサー」という体操器具も購入（日記　明42・6・27）している。

少年時代、剣道に凝った二葉亭四迷よりは、ぐっとハイカラであったと言えるだろう。ゆえに、作品の登場人物もハイカラで、『こゝろ』（大3）の私は、江ノ島の由比が浜の海水浴場で先生に出会うのである。

しかしながら、そのハイカラ性には、漱石固有というよりも、国家主導型という気配が漂っている。なぜかというと、先述の森有礼が、学校教育において体操を重視したところから、強制的に運動が広まったからだ。

> いわゆる兵式体操論に代表される彼（森有礼）の教育思想の特徴は、学校という空間を、児童一人ひとりの身体を日本が国民国家として「新生」するために必要とする主体＝臣下の身体へと調教する身体工学的な装置として捉えた点にあった。

（吉見俊哉「運動会の思想—明治日本と祝祭文化—」『思想』一九九四・十一）

おそらくは欧化主義の最先端的役割を振られていたであろう第一高等中学校・東京帝国大学において導入された体操に、漱石は親しんでいたのだ。

のちに、そのどちらにも教師として勤務し始めた漱石は、『吾輩は猫である』を書く。そのなかで、漱石自身をカリカチュアライズした苦沙弥先生の勤務先は、文明中学なのだ。このネーミングに、当時の学校の果たした役割への漱石の風刺が感じられるだろう。

そもそも、三浦雅士によれば、「一般的な意味での運動会の初めは、一八八三年（明16）、東京大学で行われた陸上運動会だろう」（三浦前掲書）ということである。

また、明治十九年、漱石の在学した東京大学予備門は、第一高等中学校と改められ、この年に「校友組織『運動会』を結成している」（吉見前掲論文）。つまり、漱石は、運動会の誕生に立ち合ったということになる。漱石は器械体操が得意で、兵式体操においては鉄砲の取り扱いが上手であったらしい。

にもかかわらず、「猫」の目、「三四郎」の目を借りた、運動および運動会の描写は、結構冷たい。その冷たさは、国民の身体を「調教」して西洋化を進めようとしている国家の企みを、見抜いているようですらある。

特に、『三四郎』では、身体および、しぐさの近代化について自覚的で、東京という都市と熊本という地方の落差を利用しながら、三四郎の前近代的な身体を俎上にあげている。それに対置されているのが、都会の身体技法を優雅に身につけた美禰子なのである。

まず、三四郎の歩き方は、次のように与次郎に笑われる。

「もう少し普通の人間らしく歩くがいゝ。まるで浪漫的《ロマンチツク》アイロニーだ」　（四の九）

ここは、三四郎が、学問の世界の人になったつもりで、「さも偉人の様な態度を以て、追分の交番の前迄来る」という場面である。三四郎の歩き方の奇妙さは、与次郎の「アハヽヽ。アハヽヽ」という笑い声とともに、「交番の巡査さへ薄笑ひをしてゐる」ことでよくわかる。三四郎には、まだ歩き方の定型が定まっておらず、「偉人」という自意識が、歩き方に大きな影響を及ぼしたのだろう。

そもそも、日本人の歩き方は、ナンバと呼ばれるもので、右手と右足が同時にでるものであったという。それを、明治政府は、軍隊の行進ができるように学校教育を梃子にして今の形に変えたのであった。今の形になるまでの過渡期にいる三四郎にとって、歩き方はそのときの自意識によって変えられるものであったのだろう。

次に、三四郎の歩き方を与次郎は、「浪慢的アイロニー」と評している。では、「浪漫的アイロニー」とは、どういうことだろうか。明治四十一年「断片」の『三四郎』プランに「Romantic

Irony」として、すでに見えているから、かなり重要な語ということになろう。この言葉は、次のような意味である。

ドイツの文学史上の術語。芸術上の創作・批評において、題材を自由にさばくためには、いっさいの上に浮遊し、芸術家の自意識だけを根拠として、現実界の不合理を見下ろす精神的自由性が必要だとする。(1)

ちなみに、森田草平『漱石先生と私』には、当時鈴木三重吉が「頻りにこれを使った」とある。この言葉は、学生の間の流行語であったらしいのだ。しかし、意味が分からない三四郎は、図書館で調べる。ここにも、田舎から出て来たばかりで、歩き方と同様に大学という文化圏に入り込んでいない三四郎が、露呈されているのだ。この言葉は、三四郎によって、次のように解釈される。

独乙《ドイツ》のシユレーゲルが唱へ出した言葉で、何でも天才と云ふものは、目的も努力もなく、終日ぶら〳〵ぶら付いて居なくつては駄目だと云ふ説だと書いてあつた。（四の九）

この説について、「作者自身のユーモラスな敷衍か(1)」という意見があるが、私には案外、漱石の作意の核心をついている気配が窺える。前掲したシュレーゲルについての解釈のなから、「現実界の不合理を見下ろす精神的自由性」を持っている人を、「天才」とくくり、「浮遊」することの重要性を強調してみせたと考えられるからだ。もっとも、「浮遊」することを、「ぶら〳〵ぶら付いていなくつては駄目だ」と、「彽徊家」(四の七)を自称する三四郎は、くだいて解釈しているのだが。

そして、前田愛が指摘(2)したように、漱石の作品中「ぶら付き歩き」(散歩)の双璧は、「猫」と「三四郎」なのだ。さらに、『三四郎』という作品世界を、象徴するストレイシープも、「浮遊」していかざるを得ないという特質を持っている。

まだ、「精神的自由性」を持っていない三四郎は、「浮遊」するわけにはいかない。以前なら「犬の川端歩き」「犬川」と言って侮蔑された「ぶら付き歩き」つまり散歩をする他ないのだ。

しかし、美禰子への恋を通じて、「浮遊」するストレイシープという自覚に達し、つねに「精神的自由性」をもち、「現実界の不合理」を見つめざる得ない知識人の宿命を、三四郎は受け入れるほかはない。

つまり、『三四郎』には、富裕な庄屋の長男が、熊本という故郷から、存在そのものとして根こそぎ抜かれ、東京という都市に移し替えられる過程が描かれている。その意味では、三四郎とは、固有名詞ではなく、日本のありふれた、地方から都市へ遊学して来た青年を表す普通名詞といえるだろう。そして、青年たちは、故郷を失い、どこにも根を下ろせず、ストレイシープのように「浮遊」していかざるを得ない知識人の宿命をたどって行くのだ。

免かる能はざる開化——美意識や身体の在り方にまで及ぶ転換・否定

そのような三四郎の在り方からは、近代化という流れには、押し流されるほかないという、作者のあきらめの情がそこはかとなく感じられる。漱石は、その思いを以下のように書いている。

開化ノ無価値なるを知るとき始めて厭世観を起す。開化の無価値なるを知りつゝも是を免《まぬ》かる能はざるを知るとき第二の厭世観を起す。（断片33　明38—39）

開化を免《まぬが》れることができないことを知っているがゆえの、漱石の深いあきらめ。実は、その原点とでもいうべきものが、『三四郎』には書き込まれている。それは、人が抗うことができにくい美意識を巡ってである。

一つは、うすっぺらな近代化つまり西洋化に、存在そのものの在り方として、異を唱えているはずの広田先生が、汽車で見かけた西洋人を、美しいと感じるところにある。

「まだ出さうもないですかね」と言ひながら、今行き過ぎた、西洋の夫婦を一寸《ちよいと》見て、
「あゝ美くしい」と小声に云つて、すぐに生欠伸をした。（中略）さうして、
「どうも西洋人は美くしいですね」と云つた。（一の八）

広田先生のようなひねくれものでも、生理の根幹の柔らかい部分である美意識の領域において、西洋化から免れ難いことをよく示している。「一生懸命に見惚れてゐた」（同前）三四郎は、言うまでもない。

関川夏央・谷口ジロー『秋の舞姫』（双葉社、一九八九）には、森鷗外が、「西洋婦人はまことに美しいのですね」というホテルマンの言葉に次のように答えている。

西洋人を美しいと思うことが（中略）爾後百年日本を苦しめることになるでしょう。どだいつくりの違うもの、くさすもほめるも無理なのです。他に憧れて自信を失えばおのずと醜くなる。

この鷗外の台詞は、おそらく漱石のものでもあったろう。ところが、「どだい、つくりの違うもの」であるにもかかわらず、『三四郎』において美禰子に求められたものは、西洋的な女性だったのだ。つまり、美禰子の眼の評価で、画家の原口は次のように言っている。

西洋画の女の顔を見ると、誰の描いた美人でも、屹度《きつと》大きな眼をしてゐる。可笑《をか》しい位大きな眼ばかりだ。所が日本では観音様を始めとして、お多福、能の面、もつとも著るしいのは浮世絵にあらはれた美人、悉く細い。（中略）然しいくら日本的でも、西洋画には、あゝ細いのは盲目《めくら》を描《か》いた様で見共《みとも》なくつて不可《いけ》ない。と云つて、ラフアエルの聖母《マドンナ》の様なのは、天でありやしないし、有つた所が日本人とは云はれないから、其所《そこ》で里見さんを煩はす事になつたのさ。（十の六）

この原口の言葉は、美の基準がすでに動いていることを示している。鼓を打ったり、一中節を謡ったりして、日本の近世的なものに意識的につながろうとしているにもかかわらず、洋画家原口の美意識は、どうしようもなく西洋的なのだ。そのように西洋人の顔と体型を美しいと思うことは、当然のことながら、その体型を作り上げた運動を肯定することにつながるだろう。というのは、運動とは、近世的身体を近代的身体に換えるために導入されたものだったからである。言ってみれば、近世の日本の身体的美意識を否定するものだった。この運動ひとつとってみても、西洋化への流れを押し止めることは、不可能だったのだ。

近世的な美意識や身体の在り方が、亡びようとしていることを、漱石は「亡国」と捉えていたかもしれない。こんな断片がある。

○かう見えても亡国の士だからな、何だい亡国の士といふのは、国を防ぐ武士さ
（断片九Ａ　明34）

以上のような唆呵を、漱石が吐いたとしても、知識人たちの美意識の転換は避けられなかった。

しかしながら、そのような近代化にやんわりと異論を唱えていた人がいる。漱石の親友・正岡子規である。子規は、『竹乃里歌』（明33）において、次のような短歌を詠んでいる。

体操学校女生徒
をとめ子の体操よろししかれどもそのをとめ子をめとらまくは厭

子規は、近代的身体ではなく近世的身体を選ぶと、宣言しているのだ。ここには、近代化への生理的嫌悪が、しっかりと詠まれている。もっとも、見たいものとして、「鰕茶袴《えびちゃばかま》の運動会」（『病牀六尺』十四　明35・5・26）を挙げてはいるけれども。「鰕茶袴」は明治三十年代の女学生の服装であった。

祭りとしての運動会——「演出」から「逸脱」し続ける若い身体

次に、私が経験した小学生の頃からの思い出を交えながら、運動会について更に考えてみたい。それは明治になって成立した運動会が、どういう形で私たちに伝えられてきたかを振り返ってみることでもあるだろう。

小学生の時の私の運動会には、近所の人達三家族ぐらいが総出で応援に来てくれた。別に、私の走りが速いわけでもなく、ダンスが上手だったわけでもない。近所の辻のなかで年高のほうである私の運動会に、みんなで一緒に見に行こうという雰囲気があったのだろう。今はもう失われてしまった地域共同体のようなものが、まだ息づいていたのだろうか。

その頃はちょうど昭和三十年代で、日本が高度成長期に入りかかる頃であった。近所にテレビを買った家があれば、そこへ子供達が押しかけたものである。そのテレビの画面は上にビロードの布が掛けられていたり、レースのカーテンのようなもので覆われていたりした。私はテレビファンになって、午後三時ごろから始まるバイキングの映画や西部劇を見たのであった。夏は粉ジュースで作ったキャンデーをなめながら、冬は炬燵に入ってみかんを食べながら。その頃の子供は近所という地域共同体の子供でもあったようで、私の運動会は地域全体の祭りめいたものだったのだろう。

ところで、運動会という代物は奇妙に男と女のジェンダーを感じさせるものであった。小学校に入学した途端、隣の席の男の子を泣かせた私としては、男児と女児の出し物が違い、特に高学年になると女の子には必ずダンスがあって、男の子には騎馬戦があるのが不思議であった。私にはダンスより騎馬戦のほうが楽しそうだった。第一に練習しなくてもいいし、練習があったとしてもそれは毎回意外性に富むゲームだった。よくよく考えて見ると、男児・女児と分類して、それぞれ出し物を変える運動会は、巧妙に幼い身体そのものに、さらには無意識にまで女らしさ・男らしさを植え付けていた。

さて、運動会はまず整列から始まる。気を付け、休め、体操の隊形に開け……そして入場行進。体育の嫌いな私としては、入念すぎる行進の練習もいやなものの一つであった。

この「気を付け、休め、行進」は、森有礼が明治十八年に学校教育に導入した兵式体操によるものである。実に私たちは、体育の授業で、あるいは運動会で、明治初期に導入されたこの兵式体操を延々とひきずっていたのだ。それは今もラッシュアワーの行列に、あるいはエレベーターの一列並びに、さらには阪神大震災での救援物資の配給の受け取りの行列にも活かされているのかもしれない。

高校時代の運動会は、よく覚えている。昼休みのあとに、クラスやクラブ対抗の仮装行列があったからである。高校二年生の時は、クラスで確か「美女と英雄」というテーマで、義経と静御前、貫一とお宮、クレオパトラとシーザーなどに仮装した。私は、どういうわけかジャンヌ・ダルクになって、厚紙で作った甲冑で身を固め、ズボンをはいて、運動場を一周したのであった。フランスのアナール学派によると、ジャンヌ・ダルクが火刑になったのは、過激な戦闘の扇動のためというよりも、女性でありながらズボンを着用したためらしいのだが、そんなことなど知らない私は普通にはいていた。ちょうどベトナム戦争が始まり、それへの抗議のために僧侶が焼身自殺したことが、新聞の紙面をにぎわしていた頃であった。

奇妙なことに、このクラスには新聞委員会と社研と部落研のメンバーがほとんど入っていた。かく言う私は、新聞委員会員であった。そこで、仮装の演目の一つとして、新聞委員会の委員長の頭をそりあげて黄色い衣を着せ、運動場の真ん中で、灯油ではなく、バケツの水をぶっかけたのであった。きわめて時事性の高い仮装行列だったが、確か校内優勝したと思う。

この仮装行列では、教職員たちは高校生の社会への関心を高く評価してくれたが、このあと展開した私たち独自の長髪自由化運動に対しての学校側の対応は、退学者こそ出さなかったものの厳しいものであった。長髪運動を押しつぶしておきながら、その二、三年あとには文部省通達かなにかがでると学校側はさっさと長髪を自由化し、制服もなくした。このとき、私たちは日本の社会における民主的なるもののウソ臭さを、いやという程教えられたのだった。

脇道にそれたが、運動会での仮装行列が何を意味していたか、である。

私は、大学時代、三宮近くの新川（生田川）でセツルメント活動（子供会活動）をしたことがあったが、そこの古老から私の母校の運動会の話を聞いたことがある。

私の母校である兵庫高校は、戦前は二中と呼ばれていて、現在の神戸高校の前身である一中と対抗の運動会を開いていたらしい。その名残は今もあって、野球の試合には全校生徒が応援に行く。古老の話によると、一中には新川から、二中には番町から応援に来て、それはそれはにぎやかであったそうだ。現在の灘区に移転する前の神戸高校は、新川の近くにあったそうだし、兵庫高校は今も番町の北側に位置している。この話は、運動会が地域の祭りでもあったことをよく示しているだろう。

運動会は、多くの地域的な生活世界において、国家的な儀式という以上に村祭りとして受容されていた。そしてこのことは、この催しが、国家的な擬制の構造から絶えず逃れていく子どもたちの流動する身体性を包含せざるをえなかったことを意味している。明治国家は繰り返しこうした身体性を排除し、運動会を国家的な規律・訓練の枠組のなかに押し込めようとしたが、実際の運動会は、しばしばこれまで述べてきたような国家的な演出の地平を平気で逸脱してしまったのである。

このような運動会の〈祭り〉としての受容は、この催しが各地の学校で催されるようになった当初から見られた。この特徴は、まず何よりも見物人の多さによって示された。実際、この頃の運動会では、教師や生徒数をはるかに超える数の観衆が晴れやかな服装で集まり、宴を張りながら競技を観覧したのである。

（吉見前掲論文）

運動会について考察したこの文章によって、はじめに見た『三四郎』の運動会が、その見物人の多さから、やや祭り的になり始めていたことが窺えるだろう。また、私の小学校の運動会が日常の生活空間を共にする地域のささやかな祭りであったり、高校の運動会の仮装行列の意味するところもよく分かるのだ。一中・二中の対抗戦が、それぞれの近所の部落総出の応援合戦であったことにも納得がいく。

地層の断面を見て行くと、その時々の歴史が詰まっている。明治初期に成立した運動会からも、そのようにさまざまなものを見てとることができるだろう。それらを抱えて、これから私たちが、どこへ行こうとしているのかは分からない。しかしながら、少なくとも「国家的な演出の地平」なんぞからは意識的に降りる努力をし、今の私たちにふさわしい運動会の美学を作り上げたいものだ。それは、外部からの陶酔感の押し付けや管理主義を排除し、若い身体を緩やかに解放し、男と女のジェンダーを作らないものであることは、言うまでもないだろう。

注

1 重松泰雄注『日本近代文学大系26 夏目漱石集Ⅲ』角川書店、一九七二・二

2 前田愛『都市空間のなかの文学』筑摩書房、一九八二・十二

臼杵紀行

野上弥生子が生まれた町

愛媛街道——罅割れていく友情の物語としての「坊っちゃん」論

臼杵《うすき》は、地図で見ると九州の右肩に突き出た国東《くにさき》半島の南に、細長いとげのように伸びている佐《さ》賀関《がのせき》半島の根っこにある。豊後水道を隔てて、すぐ向こうは四国なのだ。佐賀関からは伊予の西端の佐多岬が眺められるらしい。

昔、この佐賀関半島の北岸沿いを走る国道は、伊予に通じる最短の交通路として「愛媛街道」と称されていたという。この愛媛街道を通ったと推定される文学作品上の人物として『坊っちゃん』のうらなりを思い起こすことができる。うらなりとは、顔色が悪く「蒼くふくれて居る」同僚に坊っちゃんがつけたあだなで、本名は古賀という英語の教師である。

なぜ、「うらなり」とつけたかといえば、「うらなりの唐茄子許り食べるから、蒼くふくれる」と清《きよ》に教えられたことがあるからである。「尤《もつと》もうらなりとは何の事か今以て知らない。清に聞いて見た事はあるが、清は笑つて答へなかつた。大方清も知らないんだらう」（二）という具合である。

「蒼くふくれて居る」うらなりは、いかにも男性的魅力に欠けているように見受けられるが実はそうではなく、「学校の先生方」が「みんなマドンナ〳〵と言ふ」ここらで「一番の別嬪さん」の遠山の御嬢さんと結婚の「約束が出来て居た」（七）というから、坊っちゃんは素直に「あのうらなり君が、そんな艶福のある男とは思はなかつた。人は見懸けによらない者だな」（七）というのである。

ライバルの赤シャツの方が、「美しい顔をして人を陥れる様なハイカラ野郎」（九）と山嵐に評されているのだから、うらなりよりハンサムであるという設定なのだろう。更に赤シャツは、うらなりの送別会に入って来た芸者のなかで「一番若くて一番奇麗な奴」（九）で、関西弁を使う小鈴に惚れられている男でもある。

山嵐は誰かとかいうモデル論は横に措くとして、赤シャツにはそれなりに漱石の視線の影がさしているだろう。赤シャツの赤シャツたる所以は、当時流行の「健康を病からまもるという「衛生」の思想」（小田亮『性』三省堂、一九九六）にかぶれ、夏でも赤いフランネルのシャツを着ているところにある。身体のことを過度に気にする『それから』の代助の片鱗も見せている。

漱石は、松山中学に赴任して次のような手紙を子規に送っている。

結婚、放蕩、読書三の者其一を択むにあらざれば大抵の人は田舎に辛防《ママ》は出来ぬ事と存候

（明28・5・28　書簡番号59）

赤シャツは、マドンナと結婚しようとしながら小鈴相手に放蕩し、帝国文学を読む。漱石が考えた「田舎に辛防」するための三つの条件をすべて実行しようとしている。

漱石にしても、「松山でもいろいろな縁談が持ち込まれたさうで」（夏目鏡子『漱石の思ひ出前篇』角川文庫、昭29・11）、「明治中期に始まった」（小谷野敦『男であることの困難』新曜社、一九九七）という当時としてはモダンであった見合い結婚をする（明29）。もっとも、赤シャツは恋愛結婚をしようとしているのだが、それは文学士であることからさらに文明化して、健康イデオロギーとともにラブイデオロギーのとりこになっているからとも考えられる。

「野芹川の土手で、マドンナを連れて散歩なんかして居る」（八）赤シャツにとって、二人で散歩するという行為は、結婚に至る恋愛にかくべからざるものであったのかもしれない。尾崎紅葉の言う「優美な、微妙な、精神的の愛」「高尚な恋愛の味」「「ラブ」の趣味」（談話筆記「恋愛問答」明30・12、『唾玉集』明39・9所収）というものを実現しようとしていたのかもしれ

ない。

なお、漱石は、次のような句を残しているので彼にも放蕩を推察してもいいだろう。

恋猫や主人は心地例ならず　（明28　俳句番号164）

放蕩病に臥して見舞を呉れといふ　一句

酒に女御意に召さずば花に月　（明28　俳句268）

前者の俳句には、以下のような解釈がある。「猫はその筋では芸者あるいは遊女一般を指すというから、この恋猫を女性と解したら、いい寄られる漱石先生ちょっぴりその気になったの図か」（半藤一利『漱石俳句を愉しむ』ＰＨＰ新書、一九九七）。

松山中学での漱石の月給は、校長よりもいい八十円であったにもかかわらず「月給は半月位でなくなる始末であった」（荒正人『増補改訂　漱石研究年表』集英社、一九八四・六）。

読書についてはいうまでもあるまい。

『坊っちゃん』の底部に流れているのは、ラブイデオロギーにとらえられた赤シャツの欲望である。その赤シャツのマドンナ獲得の野望のため、うらなりは日向の延岡に追いやられるのだ。延岡は臼杵のさらに南にある。あくまで文学作品の中の一登場人物のことではあるが、うらなりは心変わりをしたマドンナを胸に抱きながら、「愛媛街道」を通って、延岡に入ったのではないだろうか。

このうらなりの心境は、大塚楠緒子《くすおこ》への失恋説をとるなら、明治二十八年突然松山中学に赴任した漱石の心情と似通うものがあっただろう。

そんな漱石にはこんな句がある。

普陀落や憐み給へ花の旅　（明28　俳句276）

普陀落（補陀落）とは観世音が出現したインド南端の霊山とされている。「普陀落や」は、それに続く「岸打つ波は三熊野の那智のお山に響く滝津瀬」という御詠歌の歌い出しの句であるそうだ。四国は死国に通じるという話があるが、だとすると傷心の心を抱いて西へいく旅は、四月に赴任した漱石にとっては「花の旅」であるとともに「死出の旅」とも感じられたのではないだろうか。

この「普陀落や」は、『坊っちゃん』にも出てくる。山嵐と坊っちゃんが赤シャツの弟に誘われて、日露戦争の祝勝会に出掛け、そこで剣舞とともに歌われる聞きなれない歌のイメージとして登場する。

歌の調子は前代未聞の不思議なものだ。三河万歳と普陀洛やの合併したものと思へば大した間違にはならない。（十）

日露戦争の祝勝会で歌われた歌から「三河万歳」と御詠歌を聞き取るということは、日露戦争に勝った日本の行く末を読者に予兆させる。『三四郎』（明41）の広田先生の「亡びるね」（一の八）という言葉とも響きあうものがあるだろう。坊っちゃんは松山を「不浄の地」と喩えたが、坊っちゃんが松山を飛び出したあとも「不浄の地」はそのまま残され、もう「普陀洛や」が流れても、誰も聞き分ける人はいない。

『坊っちゃん』は、明治三十九年の作品である。日本が日清・日露と勝ち進み、夜郎自大に自らを一等国と称して浮かれていた時に書かれた。そのような得意の絶頂の時でさえ、当時の日本は剣舞に添えられた歌から御詠歌を聞き分けたり「亡びるね」と見抜ける人材をかかえていたわけだ。にもかかわらず、それから二十年で大陸の戦争の泥沼にはまりこみ、さらに二十年で大破局を迎えた。私たちはそういう日本という国で、そういう時代に接して生きているのだということを忘れてはいけないと思う。

明治二十九年、松山中学から熊本の第五高等学校に赴任した漱石は、そこで中根鏡子と結婚する（六月）。貴族院書記官長という上流階級のわがまま娘を娶った漱石は、同窓で友人の狩野亨吉・菅虎雄・山川信次郎と同僚ということで熊本では毎日顔を合わせていた。この四人は、後先ということはあっても東京の第一高等学校でも一緒になる。

明治三十一年、第一高等学校に校長として赴任した狩野亨吉は山川信次郎・菅虎雄そして夏目金之助（明36）を招いている。同三十九年、京都帝国大学文科大学長になった狩野は夏目金之助を招こうとしたが、「漱石は一旦は亨吉に教授就任の内諾を伝えながらも朝日入社のためにことわっ」（青江舜二郎『狩野亨吉の生涯』中公文庫、一九八七）た。

狩野は、二年後の明治四十一年には、文部省と衝突して学長を辞任し東京に戻ってくる。それ以後、職に就かなかった。漱石の博士号辞退（明44・2）は、その三年後である。

これらのことからは、漱石の友人たちに特有の反骨精神が浮かびあがる。漱石の行動は一人漱石に限ったことではなく、明治のある種の知的集団に共通なものとしてあったということだ。菅虎雄にしても、明治三十九年二月二十五日、清国南京三江師範学堂で上司（菊池謙二郎）と対立し契約期間満了で帰国し廃官、年内浪々の身となった。ちなみに、漱石同様狩野も神経衰弱で、京都に行って下痢が止まらず、学長辞任の理由は表向きには病気辞退である。

ところで、『坊っちゃん』論をやっていると、さまざまな清のモデル説に出くわす。鏡子説（戸籍ではキヨ）、兄嫁登世説、母ちゑ説などである。清が坊っちゃんの存在を温かく肯定し受け入れてくれた存在であると考えれば、ちょっと突飛すぎるかもしれないが、私は漱石の友人のうちの誰かが清であってもいいと思う。

『坊っちゃん』最終行の「だから清の墓は小日向《こびなた》の養源寺にある」は、夏目家の菩提寺のある「小日向の本法寺」と重ねられていたはずである」という平岡敏夫の指摘（『「坊っちゃん」の世界』塙新書、一九九二）がある。が一方で、狩野亨吉の日記には、「米山（保三郎）の葬礼を送りて駒込林町養源寺に至る」（青江前掲書）という記述がある（傍点筆者）。

米山保三郎は、『吾輩は猫である』においても、「空間に生れ、空間を究め、空間に死す　空たり間たり天然居士噫」（三）という墓銘を彫込んでもらう天然居士・曽呂崎として登場してきている。街鉄の株を持っているという鈴木藤十郎に対して、苦沙弥は「株抔《など》はどうでも構はんが、僕は曽呂崎に一度でい、から電車へ乗らしてやりたかつた」（四）と言っている。私はこのくだりでは、街鉄の技手《ぎて》（運転手）になった坊っちゃん（十一）のことを思い起こしてほほ笑んでしまうのだが、漱石の脳裏には、亡くなった米山保三郎が意気揚々と電車の運転席に乗っている姿が浮かんでいたのかもしれないとも思う。清からもらった手紙を「風に吹かしては見、吹かしては見るんだ」（七）とは、空間にそよいでいる米山の霊を表現していないこともない。

『坊っちゃん』論は、ともすると清論になっていくきらいがあるけれども、それはエロスの中心が作品の中心にないと落ち着かないという、私たち読者の側の小説の読み方の偏向に原因があるのではないだろうか。私にとって『坊っちゃん』は、罅《ひび》割れていく友情の物語と読めるのだが。坊っちゃんは、山嵐とは別れたきりだ。

家族や恋人に恵まれなかった漱石にとって、それらに代わるものが友人たちではなかっただろうか。友人たちへ宛てた膨大な数の書簡がよくそれを物語っている。正岡子規亡きあと、親友としては菅虎雄と狩野亨吉が挙げられるだろうが、その狩野は鏡子が苦手であったようだ。

いわゆる〃タテわり社会〃のただ中の女たちに取り巻かれて育った亨吉には、鏡子夫人のように〃解放〃された女は何か異常で、そういう異常さを〃新鮮〃とする夏目金之助がまったく意外であったにちがいない。漱石没後、彼の狂気説がしだいにさかんになり、ある新聞記者がそのことを亨吉にただしにゆくと〃変わっていたといえばむしろ細君の方でしょう〃と答えている。（青江前掲書）

漱石が鏡子に惹き付けられていたことはよく分かるのだが、漱石にとってその鏡子の魅力の根源は、わがままであったことかもしれない。わがままと自由奔放さとは紙一重であって、いずれにせよ相手の男には強烈な他者性を感じさせる。優等生的で予測のつく行動をする柔順な妻よりも、小説家漱石にとっては、なにをするかわからない妻は魅力的で、想像力を掻きたてる存在であっただろう。それにしても、新婚の地、熊本で白川に身を投げたりするのだから、夫からしては到底御し難い不思議な存在ではあっただろう。

そのような鏡子が、小説家漱石を作り上げたとは、よく言われることだが、私は漱石の女弟子で良妻賢母であった野上弥生子についてつねづね考えてみたいと思っていた。それは、鏡子の思い出を生き生きとした筆致で綴る弥生子の文章[1]を時々読んでいたからである。

野上弥生子は明治・大正・昭和を生き抜き、白寿で昭和六十年に亡くなった、大樹のような女性作家である。夫は法政大学総長・野上豊一郎で、息子三人を京大教授・東大教授に育てあげ、マイペースで明治四十年から昭和六十年まで書き続けた。師の漱石に似て文壇からは超然としていたせいか、文壇人からはあまり認められなかったらしく、「うどの大木」（中村武羅夫）と評されてさえいる。

ちなみに、漱石の恋人（失恋）とかしがましい美貌の作家・大塚楠緒子の末子弘は、昭和初期の嵐のような左翼運動の中で二度検挙され、求刑四年とされたが転向して保釈されている。父大塚保治亡きあと、この弘のために奔走したのが先述の狩野亨吉である。

妻として母として疵のないのが玉に瑕といわれそうな弥生子であるが、かねがねその芯の強さと粘り強さとものに動じない図太さに私は敬服してきた。弥生子九十五歳の時に刊行された二十三巻別巻三巻の堂々たる全集（昭55）も買い込んだ。しかし、なかなか作品を手に取る気にはなれないのである。家事・育児・仕事と忙しかったせいもあるが、やはり、昭和しかも戦後生まれの女は怠けもので、暇があると遊びの方に目がいって、到底弥生子のように毎朝五時に起きて午前中は執筆するという勤勉さはなく、大作ばかりが目白押しという弥生子に手がつけられないのである。

嵐に遭い漂流した船内での人肉食を描き、新藤兼人の映画「人間」の原作となった『海神丸』（大11）、お嬢さんマルキストを主人公にした『真知子』（昭3）、戦争によって未来を奪われてしまった青年群像を描いた『迷路』（昭33）、女流文学賞を受賞した『秀吉と利休』（昭37）、明治女学校の頃から始まる自伝的小説『森』（昭59）などの大作はなかなか手にとり難かった。それで、せめて生家のある臼杵を訪ねてみようと思いたったのである。

豊後水道に面したリアス式海岸にある古い城下町・臼杵は、崩れてしまいそうな町だった。時の爪にガリリと引っ掻かれた土蔵の壁は、剥がれたままだ。ゆがんだ扉は開きそうにない。以前はさぞかし立派な建物だったろうと推測される宿屋などが、大きな図体のまま傾いた看板をつけて今の時を漂流している姿には、哀愁というか退廃というか、そんな情趣が漂っていた。朽ちていくものをそのまま眺めていると、はかなさが体のすみずみにしみわたり、感情を掻きたてられる。保存などせずにそのまま放置することにも、歴とした美学があるのだろう。

二王座歴史の道はそれなりに保存されているのだが、観光客はいなかった。丁寧に積まれた石垣に沿って延びる石畳の道が八月の真昼の日差しを照り返していて、ゴーストタウンに迷い込んだかのようでもあった。古い土蔵の小さな窓から、洗濯物や布団が干してあるのも珍しかった。だましだまし、どうにか人が住んでいるのであろう。阪神大震災を経験した私の眼からは、その土蔵が少し傾いているように見えて危なっかしかったが。倉敷のように小綺麗でもなく観光客向きに保存されているわけでもない古い町並みには、饐えたような匂いのなかで長い時間がたゆたっていた。

キリシタン大名・大友宗麟の城下（臼杵城）にもかかわらず、お寺がかなり多かった。それは、江戸時代にかなりの富が溜まっていたことを伝えているようだった。九州には二つしかないと言われる、珍しい三重塔（龍原寺）もあった。与謝野晶子のライバル・山川登美子の生まれ故郷の福井の小浜もやたら寺が多かったが、こちらは日本海に面し、北前船の寄港地だったからだろう。ちなみに、福沢諭吉の生まれ故郷・中津は、臼杵から海岸線上を北上し、国東半島を回り込んだところにある。瀬戸内・周防灘に面していて、山口とは目と鼻の先である。方言も、九州弁というより山口弁というか広島弁に近い。

十年程前、中津を訪れて驚いたことの一つは、地方都市にしてはバーの数がやたらと多く(2)、そうと聞くところによると二百軒もあるということだった。子供を二人連れた旅は忙しく、そうと聞き流して耶馬渓から日田に抜けたのだが、臼杵も中津ほどではないがバーが多かった。臼杵の場合は、バー街の傍に崩れそうな木造の三階建の宿屋めいたものが残っていた。どうも元は遊郭として使われていた建物のようだった。これとよく似た壊れかけの木組みと土壁の残った三階建をどこかで見た記憶があった。もう三十年も前で、場所は音戸の瀬戸で名高い広島県呉市だった。ひなびた漁村にふさわしくない大きな建物について、土地の人はかつての遊郭を中心とした賑わいを説明してくれた。

そのことを思い出した時、私は中津のバーの数の多さや、人口のわりには不釣り合いの印象を与える臼杵のバー街の秘密がわかった気がした。つまり、江戸時代、海は巨大な街道で、港は漁師や船乗りたちでごった返すほどの賑わいだったのだろうと。彼らに向けた娯楽施設が今は崩れそうな三階建の宿屋（遊郭）で、そのあとがバーなどになったのではないかということだ。板子一枚下は地獄という船乗り稼業では、労働のストレスを金銭で吐かしただろうから、その金の動きは大きかっただろう。船乗りたちが港で泊まる度に、金もそこにどっさり落ちたはずである。その金がお寺であったり、遊郭のあとのバー街として今に残っているのだろうと。

誰もいない真夏の昼下がり、紫や青の塗料のはげかかったドアや看板を見るのはどこか痛ましかったのではあるけれど。

今、臼杵は石仏（磨崖仏）の街として有名である。臼杵には、寺だらけとさえ感じられる中津や小浜ほどではないが、かわりに石仏があるのだ。八月の夏の盛りのかんかん照りの日で暑くてたまらなかったが、石仏はどれも山のふもとにあって、そこだけは日差しや照り返しも届かず、涼しくてほっと生き返るようだった。石仏は、耳が欠けていたり、頬がちぎれていたり、首がもぎとられていたりと、時の風雪をしみじみと感じさせたが、不完全であることは逆に想像力を掻き立てる。ところどころ朱色が残っていて、完成した直後はさぞかし荘厳だったことだろうと思われた。

「国宝・臼杵石仏」というパンフレットには次のように紹介されていた。

臼杵石仏は、千年の風雨に堪え、ひたむきな信仰のあかしを今もなお残している。平安時代から鎌倉時代にかけて彫られたといわれ、遠く千年の歴史・文化を伝えてくれる。（中略）臼杵磨崖仏4群59体が、平成7年6月国宝に指定された。

信仰には、はっと驚かされるということも大切なのだろう。これだけ多くの石仏群をみれば、誰もが言葉にならぬ大きな感動を感じたと思われる。一鑿二鑿と、人の手でよくもまあ彫ったものだと今でも感心させられるのだから。その辛抱強さは、弥生子の著作にも通じるのだろうと思った。

豊饒な土地で育まれた巨木——野上弥生子文学記念館を訪ねて

崩れそうな町並からはずれて、浜町の野上弥生子の生家を訪ねた。生家は小手川酒造株式会社で、今でも弥生子命名の「宗麟」という酒を醸造している。古い造り酒屋は昔のままで、蔵に入ると三十口程の大きな甕壺が暗い土間で眠っていた。こちらは焼酎なのだそうだ。

道を隔てて、味噌・醤油を製造するフンドーキン醤油株式会社の本拠である「向こう店」があった。当主は弥生子の甥で、臼杵川の河口あたりにフンドーキン醤油の大きな工場があり、対岸の臼杵の市街地から商標の亀甲マークがよく見える。臼杵の代表的会社の一つが小手川酒造であり、フンドーキン醤油ということになる。

野上弥生子文学記念館は、小手川酒造の一角を改造したもので、古い建物ながらしゃきっと建っていた。記念館内部には、弥生子の遺品二百点余が展示されていた。漱石から贈られた京人形・漱石からの手紙・芥川龍之介自筆の河童の絵・弥生子の父宛ての書簡・明治女学校の頃の弥生子の写真・野上豊一郎の写真・大江健三郎の原稿（弥生子の白寿を祝う）などいろいろあった。明治三十二年、当時憲政党党首・板垣退助を囲んだ写真まであった。芥川の河童の墨絵には何か鬼気迫るものがあり、どこかにひっぱり込まれそうな気さえした。旅館の客引きを俗にカッパというそうだが、ひっぱり込まれる先が旅館ならまだしも、芥川の河童の場合はどうも異次元の世界のようである。

臼杵という土地の豊饒さのなかで、代々続いて来た造り酒屋の娘として育った弥生子からは、人が生きていくための実業と土地の文化の凝縮とでもいったものを感じとることができる。そのうえで同郷の夫・野上豊一郎から漱石サロンを紹介され、漱石の謦咳に接することになるのだから鬼に金棒というものだろう。野上弥生子という作家は、豊後臼杵という風土と、明治・大正・昭和の百年の時間を生きた巨木なのだ。巨木には、どこから手をつけていいかわからない。いつまでたってもかじれないという無力感を感じながら、この巨木はしばらくは仰ぎ見るほかはないとしみじみ思い知った臼杵への旅であった。

注

1　まとまったものとしては『漱石全集　第十一巻』（岩波書店、一九六七・十）の「月報11」に収録された「夏目夫人とのこと」がある。

2　中津のバーの数の多さについては、中津競馬場の存在もあったということをあとで知った。大分県と中津市が運営する小規模な競馬場で、二〇〇一年三月まで存続した。売上げのピークは百三十億円（一九七九年度）。

ドイツ・オーストリアの旅から、漱石『門』へ

関空からフランクフルトへ

関空からフランクフルトまで飛行機の座席は窓際だった。よく晴れていて、日本アルプスのこげ茶色の山頂の連なりや緑の平原を蛇行するシベリアの川がよく見えた。広大な大地に自然が奔放に刻みつけた曲線は時にてらっと光り、まるで大きな蛇がうねっているようですらあった。それと較べて、どうやら線路らしい東西に走る一本の線は弱々しく、自然と人間の力技の違いを見せつけていた。目の下には丸い雲の影が音楽に操られているかのように流れていた。

飛べども果てのないシベリア平原だった。

白い雲海の中で飛行機の翼の揺れだけを見ていたり、闇の中で映画を見ていることもあった。

まぶしすぎる太陽に向かって飛んでいて、窓の覆いを開けられないこともあった。

やっとヘルシンキを過ぎたあたりから、スカンジナビア半島の水色の湖群と周辺の藍色の海に浮かぶ多くの緑の島が見え始めた。目の前に次から次へと繰り出すそんな自然を見ていると何かわからないけれども、おおらかな意志に操られてうっかりと浮かんだ島であり窪んだ湖群のようで微笑ましかった。

来年は北欧に行こうと気持ちが沸き立ったころに、黒い森とパッチワークのような畑とおもちゃのような家と自動車が見えてフランクフルトに着いた。

このようにして始まったドイツ・オーストリアの旅のなかで、私がもっとも考えさせられたのは、土地土地でちらりとかいま見えた人々の生活の在り方だった。若いカップルもお年寄も、生活をいかにも楽しんでいるように思われたからだ。帰国後、この話を友人にすると、そうでない人たちもいると釘をさされたのだが。生活について考えたことの前に、印象に残った場面を二、三綴ってみることにする。

ドナウのプライベート河岸で

フランクフルト郊外のホテルに着いて、まず食事をとることになった。荷物もろくに整理する暇もなく、十人程で午後四時頃の電車で町中のレストランに出掛けることにした。駅までは近いらしいので歩いていくことに。添乗員が連れていってくれるのだからと、草むらの続く田舎の道を庭の広い住宅を眺めながらのんきに歩いて行ったのだが、三十分たっても駅にたどりつかない。

そのうち、かんかん照りだった太陽が消え、一天にわかにかき曇ってザアーザアーと大粒の雨が降り始め、雷まで鳴り出した。ドイツの住宅は軒が出ていないし、前庭があって玄関、後庭があって勝手口だから雨宿りするところがない。なんとか見つけた道路に面した家の短い軒を借りて、しばしの雨宿りをしたが、みんなびしょ濡れだった。もっとも、私だけは日傘の代わりにと持って来た雨傘のおかげで助かったが。その雨の中で、置物のある広い庭と咲き乱れた花で飾られた窓を持つ住宅や、突然の雨で庭の自転車やおもちゃを慌てて片付けるお父さんやお母さんや子供達、家に駆け込む老夫婦、雷に驚く大型犬などの、ドイツの郊外に住む人達の暮らしの光景をたっぷりと味わった。こんな驟雨はこのあたりでは珍しいらしく、やっと着いた駅のダイヤは乱れていていっかな電車は来なかった。

町までたどり着けるのだろうかと心細くなったころにやっと来た電車に乗って、フランクフルトに出た。レストランでソーセージとじゃがいものドイツ料理を食べ、ホテルに帰る段になって、今度は帰れなくなった。

フランクフルトの駅を二十分も右往左往したにもかかわらず、ホテルのあるモルフェルデン行きのホームがわからないのである。とうとう添乗員はフランクフルト空港に私たちを連れて行くことにした。空港までの電車の中で、彼女は隣りに座ったハンサムなエリートサラリーマンらしいドイツ人にくどくどと英語で愚痴をこぼしていた。気の強そうなおばさん達を眺め回した彼は半ばあきれた風だったが、それでも彼女に同情して「グッドラック」と言って降りていった。私は、こんなドイツ人が、さっきの雨の中で見たような郊外の家に住んでいるのだろうなと想像しながら、少し羨ましかった。

しかし、フランクフルト空港に「グッドラック」は無かった。バスはない、タクシーも二台しかいない。もう十時に近かった。私達のホテルのマイクロバスは迎えに来ないらしかった。パニックに陥ったような添乗員とおばさん達を見るに見かねて、客待ちをしていた他のホテルのマイクロバスの運転手が、ホテルまで送って上げようと親切に申し出てくれた。

定員オーバーのマイクロバスのなかで、「私はハーレムの皿洗いしかできないわ」とか「ロマンチック街道なんて、望めないわよ」とか「アンチロマンチック街道ね」とか「お笑い街道もいいとこよ」などというおばさん達のおしゃべりにまじって、とがめているらしい事務所にひたすらいいわけをしている運転手の野太いドイツ語が聞こえた。ホテルに着いた時、まだ湿気ている服を着て駅で買った傘を握りしめたおばさん達は、これからの八日間どうなるのだろうかと不安でいっぱいになって、親切な運転手に、ダンケもろくに言わなかった。

次の日、ホテルを七時半に出発して、フランクフルトから二時間ほどバスに乗ってリューデスハイムに行った。そこからライン河下りをしたのだが、低い山ひだに次から次へと古城が立ち現れては消えて行く。名高いローレライは期待したほどの奇岩・絶壁ではなく、突き出た丘陵だった。これでは伝説の恐ろしい美女は出現しそうにない。船は、ローレライの歌を流して思わせ振りだったけれども。

添乗員に聞くと、この歌を習った世代には涙を流す人もいるという。確かに、私も中学一年で習った時、ドイツは遠い国でまさか一生のうちに行けるとは思わず、感無量ではあった。しかし、四年前、テームズ河、セーヌ河下りをした私は、今度はラインとドナウだと勇んで出掛けて来ていたから、古城をちらちら見ながら葡萄畑や丘陵や緑の台地のなかを群青色で流れるライン河を味わうことに夢中だった。

その三日後、私はあやうくドナウ河に落っこちそうになった。カヌーやボートが出ている、午後七時頃の夕焼けの映える美しきドナウだった。

私はドナウの河畔（アルトドナウ）を散歩していた。そこに突然現れた上半身裸の爺さんが、急に見えなくなったのだ。いったいどうしたのだろうと慌てて土手の階段を降りようとして、足を踏みはずしそうになったのだ。爺さんは泳いでいた。爺さんが飛び込んだ場所まで辿りつこうとして、柵をあけようとすると鍵がかかっていた。その上のプレートには「Private」とあって、恐らくその爺さんの名前であろうが個人名が書かれていた。プライベート河岸というわけだ。ブリジット・バルドーが海岸を所有しているという話は聞いたことがあるが、ドナウの河岸が私的所有になっているのには驚いた。

水面に出ている剥げた頭を目で追っているうちに、ふと、昼間ふりそそぐ太陽の光の下で肌を焼いていた楽しげな若いカップルの姿を思い浮かべた。この爺さんも若い時は、このプライベート河岸で恋を語らったのかもしれない。きっと、そんなことを思い出しながら冷たいドナウの水の感触を確かめていたのだろう。というのは、日本のように運動のためにと目の前に人参をぶら下げているようには見えなかったからだ。ちょっと写真を撮っている間にもういなくなっていたので、いかにもさっと楽しんで泳いでという感じを受けたのだ。

今頃は、ひょっとしてビールでも飲んで昔恋を語らった相手と食事をしているのかもしれない。「今日のドナウの水は冷たかった」とか「昔はちっとも冷たいなんて思わなかったのに」とか言いながら、肥え過ぎた婆さんに恋した時のほっそりした身体の線の行方を探しているのかもしれない。

私には、プライベート河岸をトンネルにして若い頃にひょいとタイムスリップできる爺さんは、何かぶあつい時間感覚とでもいうものを所有しているように思われた。

しかし、日本ではなにもかも過去は瞼の中の幻影でしかない。すぐに潰されて変わっていくからだ。川岸など恰好の改修・護岸工事の対象にすぎない。私たちの所有している時間は薄っぺらで、風景はペラリペラリとめくられていく。もちろん奈良・京都は民族の古層としての時間を保ち続けているが、個人の時間はデジタルなのだ。振り向いても過去を忍ぶよすがは、ほとんどない。

けれども、ローレライに涙した人がいたように、私ははるばるドイツにまで来てタイムトンネルをくぐったかのように中学生の頃の自分を思い出した場所がある。歴史のある大学の町・ハイデルベルクである。

私の中学生の時の愛読書のひとつは、ウィルヘルム・マイヤー・フェルステル作『アルトハイデルベルク』で、王様と下宿の娘の身分違いの悲恋物語に胸をときめかした。「いかにもドイツ式のオオゲサで深刻なセンチメンタリズム」(岩佐壮四郎『抱月のベル・エポック――明治文学者と新世紀ヨーロッパ』大修館書店、一九九八・五)ではあるが、夢見る年頃の乙女にはぴったりだったのだろう。中学生の頃には、アニメ『天空の城ラピュタ』のように、どこか知らない遠いところにあったハイデルベルクが現に今あって、中世のハイデルベルク城の城跡を物語の二人のように散策しているのが不思議に思われたのだ。

この不思議な感じは、中世ドイツの都市の面影を残しているローテンブルクを訪れた時さらに深まった。そこで私は、なぜか、いままでの自分の生活のありかたを総括し始めていたのだった。

きっかけは、ローテンブルクの城壁で囲まれた古い町並みの中の、泊まっている四階のホテルの窓から、隣りの屋根の上の窪んだところに置いてあった天使と鷹と猟師の人形を見つけたことである。

私はその時、本当にヨーロッパの人達は生活を愛しているのだなあと思った。誰も見ないようなこんな屋根の上にまで美意識が行き届いていることにびっくりした。彼らの美意識は、どう見えるかという外部からのまなざしではなく、生きることを愛すという内部のまなざしによって育まれていた。

つまりきれいなレースのカーテンも、フリルのついたベッドカバーも、何十年も使えそうな重厚な家具も、窓辺の花も、単にそのものが美しいからというだけでなく、生活を愛しているから必要なのだ。生きることを愛し、生活を深くするために、それらのものが集められる。単に室内装飾という薄っぺらな意味ではなく、それらのものを織り込んだ生活があるらしい。窓辺の花に親しむ時間があって、家具を拭き込む時間があって、夫婦でゆっくり過ごせるベッドタイムがあるということなのだ。仕事という公的生活と家庭という私的生活、社会と個人がうまく調和しているのだろう。

生活を愛すということ

なぜか私は、そのローテンブルクの古い狭いお湯もきちんと出ないホテルの一室で、二十三年に及んだ結婚生活についての感慨にすっぽりと入り込んでしまった。それから、しみじみとうちの一家の擬似近代的生活態度に思いあたった。うちの一家はなぜか一流品好みで、二十六年前の、今とは比較にならないほどドル高だった時に家具、電化製品をすべて外国製にした。

子供は家具を傷つけると父親からこっぴどく叱られ、洗濯機や冷蔵庫の具合が悪くなると離婚に至らんばかりであった。また、外国製電化製品の取扱店はなかなか修理に来てくれなかった。一番つらい思い出は、アメリカ・ワールプール社製の洗濯機の調子が悪くなり、三月に生まれたばかりの長男のおしめを一カ月ほど手で洗わなくてはならなかったことだった。産後一カ月は安静などというが、産院から帰って一週間もしないうちに働かねばならなかった私は、授乳しながらよく居眠りした。よくぞ長男が窒息しなかったものだ。また、よくよだれを出す長男は、消化器系統の動きが活発らしく軟便、下痢はしょっちゅうだった。神経も繊細らしく、おしめが濡れるとすぐに大声で泣くので、洗わねばならないおしめの量は次男の時の比ではなく多かった。

当時まだ日本には全自動はなかったから便利といえば便利だったけれど、マニュアルは英語で使いこなすのが難しかった。それに水を余り使わない循環型で、なんだか汚いような気がした。やはり、日本人としては、水をジャアジャア流さないと洗濯したという気がしなかった。「水に流す」という発想も、水の豊かな日本ゆえのことなのだろう。

ドイツ・ボッシュ社製の冷蔵庫にしても、庫内が湿気っていて嫌な気がした。電化製品にしても、やはり風土が関係するのだろう。この湿気のないドイツに来て、空気が重たい感じさえする日本のように湿気対策など必要ないことが分かった。

しかし、二十三年前何も分からなかった私は、一家（夫）の方針に逆らえなかった。ひたすら文化的な生活というのは、そのような物でつくられるという幻想をもっていた。団塊の世代にとっては、個人の成長期が日本の高度成長期と重なっていたので、洗濯機、冷蔵庫、炊飯器、掃除機が家庭に導入されるたびに、生活水準が一段また一段とレベルアップしていくのを体感していたからだろうか。それに、ヨーロッパ―アメリカという先進国へのコンプレックスも深かった。

しかし、それらの電化製品がなんとなく身にそぐわなかったので、ひそかに私は以前読んだ『女帝エカテリーナ』という伝記にあった「ロシア型近代」というものはこういうことではないかと疑い始めた。当時ロシア宮廷ではフランス語が話され、家具はヨーロッパ製で壊れたら直すことができず、表面は金箔の付いたきらびやかなものだが、裏は壊れていて用をなさないものも多かったという一文を思い出したのである。

経済力のない私には発言権がなかったから、三月生まれの長男の育児のなかで七月に教員採用試験を受け、八月に合格し九月から定時制高校の非常勤となり、昼は大学院の修論を書いた。家に巣くった「ロシア型近代」というものに納得ができず、勤めを始めたと言っていいかもしれない。そして、少しずつ日本製に買い替えていったので、四年後に生まれた次男の時はおしめの洗濯のつらい記憶はない。

では、中身のからっぽの擬似近代的生活態度において、いったいなにがその中身を充填するかといえば、技術や金銭やシステムではなく、生活を愛すという単純なことではなかったか。

しかし、どう生活を愛していいか分からなかった私たち夫婦は、まず生活する場所を多大な犠牲を払って舶来のもので満たそうとした。そうすれば豊かな夢のような生活が展開できると錯覚して、逆に生活しにくい空間をせっせとつくったのである。それは、アメリカのマジックシェフ社の子豚一匹焼けるような大きなオーブンを内蔵した四つのガスコンロを持つガス台が、背の低い日本人には高すぎたことの一事で明白だろう。もっとも子供の誕生日に焼くローストチキンやキャロットケーキは、子供の友人たちに好評だったのだが。

生活を愛すといっても愛すべき生活を展開するベースを私たち夫婦は持っていたのだろうか。そう感じたのは、モーツァルト生誕の地・ザルツブルクであった。

ちょうど恒例のザルツブルク音楽祭が開かれるということで、着飾った夫婦でにぎやかなシンフォニーホール前の道路は素敵な音楽を鑑賞できるという期待で膨らんでいた。老夫婦が多く、腕を組んでなごやかに話す姿はキラキラ輝いていた。しかし、楽器ひとつ弾けない私たちには、もしこの場に投げ込まれてもあんなふうには佇めないだろうと思うしかなかった。私が受けた音楽教育は、生活の中で楽しむためのものではなく、高校入試対策としての名曲鑑賞だったからだ。もっとも、今となっては全然聴かなかったよりましだったかとは思う。そうでなければ、わが家では演歌ばかりが流れていただろう。

私たち夫婦も一時期はクラシック音楽を聞くことにやぶさかではなかった。有名な音響製品であるタンノイを入れたのも、クラシックを好きになれなかったら文化的ではないような気がしたからだった。子供にピアノの練習を無理強いしていたこともあって、努力はしていたのだ。その頃、よく聴いて耳朶に残っているのが富田勲のシンセサイザー曲『展覧会の絵』で、これは今もみんなが好きな曲だ。

まだ、ほとんどの家庭にビデオが入っていない時に、ソニーのベータマックスを買って宮沢賢治の『銀河鉄道の夜』を家族で見た。能も歌舞伎も文楽も民芸も見た。能の時は最前列で六歳の長男がいびきをかいて寝てしまって困ったことがある。歌舞伎の「四谷怪談」では猿之助の宙乗りの名場面なのに、またしても長男がぐっすり寝ていて歯がゆい思いをしたことを覚えている。芸術に親しませたいというのが夫婦の願いだったのだが、それにしてもどこか背伸びをしていて、真底楽しめたかといえば疑問だ。

いったい、なぜだったのだろうか——というのが私の年来の疑問だった。私たちは懸命に努力していたのに。その疑問が解けたのが、このドイツ・オーストリアの旅だった。音楽、演劇、美術が、ゆったりと生活に溶け込んでいるのだ。それに照らしてみると、私たちの場合は伝統芸能でさえ、知識としてあっても生活とは遊離していたのだろう。

ウィーンでは、室内のホールで演奏する交響楽団を野外の大スクリーンに写して、無料で音楽会が開かれていた。そこには普通の人達が集まって来て、音楽に接していた。日本では芸術はなにもかも高い。歌舞伎の顔見世には恒例のように毎年二人で出掛けたが、花道のそばのいい席は一人二万円なのだ。クラシックにしても同じようなものだ。これでは、生活に溶け込みようがない。私たちの努力の甲斐もなく、結局寝てばかりの長男には定着しなかったが、小さすぎて連れて行けなかった次男は、どういうわけかドイツ語学科の外大生にして歌舞伎愛好家である。

美術にしても、そうだろう。あちこちで芝生の緑の鮮やかな公園に、実にさりげなくオブジェが置かれているのを見た。家庭に広い庭があって、そこに置く塑像の伝統があって、公共の庭である公園に当然必要なものとして彫刻やオブジェが造られてきたのだろう。日本では、音楽コンクールのために音楽があり、展覧会のためにオブジェが造られる。西洋と東洋という、歴史も文化の土壌も異なる日本で、根っこがない挿し木のような孤立無援の状態で創作活動を続けている芸術家には頭が下がる思いがするが、同時に、背伸びして、演歌に親しんだ耳で借り物のクラシック音楽を聴き、展覧会に出掛けたりする私たちのような擬似近代主義者たちも、大変だということになる。

そういう意味では、漱石が『それから』（明42）の代助に言わせたことは今も続いているのだろう。

あらゆる方面に向つて、奥行を削つて、一等国丈の間口を張つちまつた。なまじい張れるから、なほ悲惨なものだ。牛と競争をする蛙と同じ事で、もう君、腹が裂けるよ。

（六の七）

そして、この予言通りに、「間口を張」った私たち夫婦の生活は、「腹が裂け」そうになった。『それから』に続く『門』（明43）の終わり近くには、「勘定し切れない程多く」の蛙の夫婦が石をぶつけられて「死屍累々」となっているという不気味な話が出てくる。西洋から移入された「愛に生きるもの」が夫婦になったとしても、外部から圧しつぶされざるを得ないことを象徴的に語っているといえよう。

漱石が『門』で試みた実験

実は、そのことを日本の文化はよく知っていたのではないかと私は思うことがある。それを補塡する装置を発明し続けているからだ。吉原、待合、そばやの二階、同伴喫茶、連れ込み宿、ラブホテルなどである。

『門』において「石で頭を破《わ》られる」蛙の夫婦の話を宗助にした坂井は、子沢山のにぎやかな家庭を営みつつ、待合にも出入りし「歓楽の飽満に疲労」（十六の三）している男である。『それから』の代助は、「三千代が上京してから、少なくとも三度待合に行き女を抱いている」（石原千秋『漱石の記号学』講談社選書メチエ、一九九九・四）。漱石が、存在をかけるほどの愛を書こうとしていても、その成立の背後に待合を忍びこませねばならなかったのはなぜかと、私は不思議だった。「僕の存在には貴方が必要だ」と「普通の愛人の用ひる様な甘い文彩《あや》を含んでゐな」い、「寧ろ厳粛の域に逼《せま》って」（十四の十）いる告白をする代助にしてそうなのである。愛の告白をした後も、彼等に愛人同士の性愛はない。その彼等に性愛を与えようとする実験的試みが、『門』として結実したのではないだろうか。

宗助は御米との性愛を守るため、友人、家族、学歴、相当な資産、さらには洋々たる未来まで捨てなくてはならなかった。社会を捨てなければ、彼等の性愛空間が確立できなかったのである。二人の関係は、「夢の上に高い銀河《あまのがは》が涼しく懸」（四の十三）るように美しく、また、社会に捨てられたために、寂しい。それをさらに強調するのが子供の不在である。美しいが寂しいという相反した関係しかもてないというところに、愛しあった男女の行き所の無さがよく出ているだろう。

「夢の上に高い銀河が涼しく懸」るというのは、見方によっては性行為の甘美な表現ともとれるが、その結果としての子供はできそうにない。

一般的に夫婦にとって、子供という存在はお互いを癒し、緊張した関係を和らげ、離れそうな危機的な関係を結び直す力を秘めている。宗助にとって、子供は「眼に見えない愛の精に、一種の確証となるべき形を与へた事実」（十三の五）と「解釈」され、重要な意味を持っていた。しかし、易者の言に暗示されているように、罪を犯した宗助と御米は、子供を持てそうになく、将来的に癒される可能性はなく、寂しさを溜め込み、二人して愛のために裏切った安井の影におびえながら、どこか緊張して生きていくほかなさそうである。そういう『門』の夫婦の在り方は、性愛を軸とした夫婦を日本という国が許容しないことを暗に語っているのではないだろうか。西洋に追いつこうとしてなりふりかまっておれないアジアの後進国・日本にとって、性愛とは生活にまで高めるものではなく、処理するものだったのだろう。愛の生活を展開しようとする男は、日本の社会の勤労者としては競争力が落ち、人生の落伍者たらざるを得なかったのだ。

そのかわりに、生活と切り離された性愛を楽しむために日本の文化は、待合、そばやの二階、同伴喫茶、連れ込み宿、ラブホテルなどとつくってきたのだろう。『それから』の代助が待合を利用するのは、彼の内部で性愛が背離していたことをあぶり出している。そして、過激に言ってしまえば、『門』の宗助と御米の二人だけの空間は、社会と切り離されたラブホテル的空間だったといえるのかもしれない。少なくとも、小六が同居するまでは。

ドイツ・オーストリアの旅から、漱石の『門』に着地してしまったけれども、日本では愛する二人が生活していく環境を整えるのは難しい。ヨーロッパの夫婦は二人の生活を楽しむために一緒にいる。日本の女は「あなたなしでは生きていけない」と言うのだろうが、ドイツ・オーストリアの女は「あなたと一緒に生きていきたい」と言うだろう。そこには、楽しむべき生活――文化にまで高められたスポーツ、身体を深くゆるがす芸術、豊かに生活を彩る家具調度――がある。しかし、日本の夫婦の生活はからっぽなのだ。夫は仕事に依存し、妻は子供の教育に精を出さざるを得ない。ゆえに、愛しあう二人は、互いが向き合った生活を営めない。常に外側を向いていないと日本では生きていくのが難しいからだ。日本で、文学を読み芸術を味わい思索しようとすれば、代助のように高等遊民にならざるを得ないのだろう。

以上のようなドイツ・オーストリアを訪ねての感慨にふけりながら、帰国した私はまず、長い間死蔵してきた輪島塗りの文箱を使ってみることにした。人生を味わうのではなく、通り過ぎなくてはならない国の住人としては、せめてできることは美しいと思うものを身の回りに置くことから始めてみるしかないからである。文箱の艶やかな黒地に濃く薄く描かれた紅葉の赤は、暗い部屋の一隅をそっと明るく染めてくれた。

中欧の闇・こころの闇

大麻デモ

学校が夏休みになったので、中欧（ハンガリー、スロバキア、チェコ）を一週間かけて廻り、そのあとドイツに一週間滞在した。

その最終日、ベルリンの玄関・ツォー駅近くの目抜き通りで若者のデモに出合った。何を掲げてのデモかというと、大麻の解禁であった。サウンド・デモで、ロックバンドの騒音の中、パレードする車の腹に大麻の葉っぱが書き込まれ、助手席の人は本物の葉っぱを振っていた。ドイツ（マールブルク）滞在二年目の次男に聞くと、オランダ政府が治療目的のために大麻を販売することを認めたので、ドイツでも認可をしてというデモなんだろうということだった。

ちなみに、オランダは既に大麻の個人使用を認めている。さすが、安楽死が合法化されている国だ。

麻薬による超常意識の獲得がデモの目的と分かって、ベトナム反戦を掲げて闘って来た全共闘世代である私は、がっくりした。けれども、火炎瓶の赤い炎を見たり、放水に逃げ惑ったりして、ジグザグデモやフランスデモを繰り返していた私たちも、一種の超常状態にいたのかもしれない。機動隊に囲まれ、拡声器がうなり、火炎瓶が飛び交う時空間は、やはり日常からは掛け離れた状態だったといえるからだ。

何かしら、人はそのような超常状態を求めるものである。身近な例としてはアルコールによる酩酊を、或いはロックコンサートによる狂熱、宗教、性交などを想起してみればいい。

日野啓三は、『書くことの秘儀』（集英社、二〇〇三）の中の「歴史の裂け目」と題した章で、古代中国の「殷を亡した周の有名な青銅器に刻まれた文章（大盂鼎銘文）の中に、こういう一文がある」として次のように述べている。

「御事（祭祀）に在りて、酒に及ぶも敢て酔うことなく……殷の、命を墜《おと》したるは、これ殷の諸侯と百官と、率《ひき》いて酒に肆《なら》いたればなり」（白川静『中国の古代文学』中央公論社、一九七六年）

このことは殷の祭事においては酩酊つまり超常的意識状態において神霊と交感し（アル

コール以外の様々の麻薬的物質も用いられたであろう）、聖職者（巫人）がそれを先導して、政治でも軍事においてさえも、共同幻覚状態に近かったことが知られる。最後の殷王紂が美女妲己《だつき》を溺愛して、酒池肉林の生活に明け暮れ、罰に当たっては残酷をきわめた、という後世の言い伝えは、そのことを誇張したものであろう。

紀元前十一世紀頃の人であったという殷の紂王は暴君の代名詞とされているが、ある時代のたそがれ、日野のいう「歴史の裂け目」においては、共同幻覚状態による政治的軍事的意思決定が行われていたのかもしれない。

デモで見られるように、現在もまた、ある種の超常状態が求められている時代だということなのだろうか。ドイツでは、法律で許されたハシシやマリファナなどを吸える公共施設があるそうだ。そのような幻覚物質が密売されて高騰し、カネ目当ての犯罪が多発するよりはましということらしいが、どこか国家の根幹部分が病んでいるのではないかという気がした。

ところで、飲酒による酩酊を超常状態といったらおおげさだが、ドイツのアル中は日本のように孤立してだらだらではなく、家族ぐるみでやってるのかと、妙に納得した例がある。冒頭の大麻デモに出合った夕方のことだ。

バスセンターのホームレス

ベルリンでの最後の夜、私はツォー（ZOO）駅（近くに『舞姫』に出て来る一八四四年創立のドイツ最古の動物園がある）のバスセンターで、テーゲル空港行きのバスを待っていた。その日はマールブルクから在来線と新幹線（ICE）を乗り継いで四～五時間かかって午後二時くらいにベルリンに着いていた。

ドイツの新幹線の座席は、ドイツ人の体格に合わせてか、かなりゆったりしていて座り心地が良い。各座席毎にテーブルがついていて、通路を隔てた家族連れは三、四歳の天使のようにかわいい女の子に塗り絵をさせたり、数字を教えて書かせたりしていた。アインス、ツヴァイ、ドライなどと何回も繰り返すものだから、私まで覚えてしまった。「えらい教育パパや」と感心しながら、乗り換え駅のカッセルで購入したケバブ風サンドイッチと紅茶の昼食をとった。

ケバブというのはトルコ人がドイツに持ち込んだ肉料理の総称で、サンドイッチには大きい半円形のパンに粗い千切りの生キャベツとたまねぎと焼いた羊肉が挟んであった。ドイツには結構トルコ人がいて、街角で二・五～三ユーロで売っている。一昨年の留学したばかりの頃、次男は夕食にはこのケバブばかり食べていたという。じゃがいもとソーセージと酢キャベツのドイツの食事は、慣れて来てもまずいようだ。

ベルリンに到着してから森鷗外記念館やマリエン教会（『舞姫』の太田豊太郎とエリスが出会ったとされる教会の一つ）を廻り、レストランで夕食をとった後だったから、七時を過ぎていただろうか。もう暗くなっていた。テーゲル空港行きのバス停には四人掛けのベンチが二つ並んでいたが、その一つをテーゲル空港には行きそうに見えないホームレスの家族（老夫婦と娘夫婦）が占領していた。彼らはビールを飲んで盛り上がっていて、空になった空き瓶をそこらに転がしていたので、実際の乗客は彼らを迂回してバスを待っていた。

バスはなかなか来なかった。私は疲れていたので、みんなが敬遠している空いている方のベンチに腰掛け、それとはなしにホームレス一家の会話を聞いていた。様子をちらちら眺めていると、ドイツ語は全然わからないけれども楽しい雰囲気は伝わってくる。老人夫婦は、夫はドイツ人で妻はトルコ人のようだった。おじいさんはアル中気味でウィスキーのようなものをしきりにあおっていた。黒い目・黒い髪で背が百五十センチぐらいの小さいおばあさんはなんとなく心配そうではあるが、とめるでもなく自分もビールを飲んで笑っていた。

この夫婦の娘婿はドイツ人のようで、こちらはおじいさん同様飲みまくっていた。夏なのにオーバーを着こんだ彼のろれつはどうなのかしらと思われたが、非常にご機嫌だった。四人はほとんど周囲に目をやらず、自分たちだけの強固な世界を作り上げ、しゃべりまくっていた。彼らには迂回して並ぶバス待ちの行列は存在しないようで、当然、傍に座っている私など一顧だにしない。そんな様子を見てとって私の隣に次男も座ったけれども、それにも気がつかないようだった。

そんな楽しげなホームレス一家を、私は日本で見かけたことがなかった。毎日、神戸の新開地、福原経由のバスで通勤している私は、実はホームレスには慣れていた。帰宅時の午後九時半過ぎの神戸駅前のバスセンターには、必ず二、三人がポツンポツンと点在していた。長くいる人はそれなりに友達になるようだが、ほとんどは一人で、黙って寂しそうに、ぼんやりと流れていく時間の中に身を置いていた。時には、背広姿で紙袋をぶら下げた新入りの人が、階段に腰掛けてひたすらうつむいていることもあった。あの時に軌道修正していればよかったとか、いままで家族と居たことは何だったのかとか、自分とはいったい何なのかとか、哲学的難問に苦しめられているのだろう。

去年の暮れには、不思議なホームレスを二人見かけた。神戸駅で降りて時計を見たら、ちょうど終バスに間に合いそうな十時十五分だったので、駅前のバスセンターに急いだ。自宅へは三路線が使えるので、まず一番近いA路線バス停に行ってみると、そこには紫色のオーバーを着た五十歳くらいの上品そうな婦人がうつむいてベンチに座っていた。

まだバスはあるらしいと、自宅により近いB路線のバス停に廻ると、そこにも鼠色のオーバーを着たおじいさんが座っていた。「まだ、バスはありますね」とたずねると、「ええ、終バスが来ますよ」と親切に教えてくれた。しばらく待ったが、ちっとも来ないので、どうも変だと時刻表を見ると、なんと祝日は十時十分が最終だった。私はその日が祝日だということを忘れていたのだ。で、「もう、バスはありませんよ」と声をかけると、おじいさんは自分の時計を示して、「ほら、もうすぐ十時ですよ」と言った。私の時計はもう二十分になっていたが、おじいさんの時計はいつまでも十時なんだろう。

説得をあきらめて、あわててタクシー乗り場に引き返す途中、A路線のバス停を見ると、まだ紫色のオーバーの婦人がうつむいたまま、じっと座っていた。その姿勢には、誰にも声をかけさせない拒絶感があって、今ここにいる時空間から離脱しているようだった。

「二人はいつまで待っているのだろうか」と、タクシーに乗った後も私は暗然とした気分だった。哲学的難問とかいうやつが、バス停のまわりには雲霞の如く湧いてきているのかもしれなかった。

翌朝、私が通りがかった時にはどちらのバス停にも二人の姿はなく、ベンチのまわりには明るい光が踊っていた。学生時代、学生会館で観た演劇部のベケット作『ゴドーを待ちながら』の舞台みたいだった。あの二人はどこに消えたのだろうか。

こころの闇

三十数年前、『ゴドーを待ちながら』のその舞台を、私はいまも親友であるMと観た。Mの失恋の原因となった彼の相手が舞台に出るというので、私はMと二人で最前列に陣取ってその一挙手一投足をも見逃すまいと目をらんらんとさせていたのだった。彼女は芝居が上手とはいえなかったが、美人で長い髪で役柄のせいか神秘的に見えた。とどめを刺されたかのようにすっかり落ち込んだMに、「台の上に乗ったら誰でも美人に見えるんやで」と、ちょっと前にサンケイホールで観た別役実の芝居の中で、岸田今日子がいかに美人に見えたかなどを引き合いに出して慰めるのに苦労したことを思い出した。

つい先だって、彼らは結婚したのだろうかと電話でMに尋ねると、二年程して別れたらしいと教えてくれた。もう三十年は経っているのに、しっかり覚えているMに驚いた。

Mは、失恋後すぐに母親を心臓発作で亡くし、それから鬱状態になって大学にはほとんど出て来ないようになった。実家は九州の佐伯で、三人姉妹の末っ子で本当に母親っ子だった。一時は自殺も心配されて、私は教育学部から地続きで、なだらかな勾配を上がったところにある女子寮を訪ねたものだ。

女子寮の近くには男子寮もあった。そこには、山陰地方の出身で理工系の学生だった二年先輩のKがいた。Kとは、よく晴れた五月のある日、一海知義先生グループ（神大生は教養部で担任を選ぶようになっていて「――」Gと呼んだ）の親善野球試合で出会った。当時、教養部の運動場はまだちゃんと整備されておらず、宅地の造成現場のような台地にすぎなかった。南側にはフェンスもなく、そこにボールが落ちるとコロコロと下まで転がって行った。

Kは、その親善試合が終わった後、加山雄三の若大将シリーズを観にいこうと阪急六甲駅に降りるまでずっと誘ってくれたけれども、入学したばかりの私には高校時代からの親しい男友達がいたので断り続けた。この年（一九六六年）、山本リンダの「こまっちゃうナ」がヒットして「デートに誘われて」と女子学生が悩み始めた年である。団塊の世代が大学に入学し始めた年で、『女子学生亡国論』まで登場した。女子学生は、それが単なる映画鑑賞つきデートか、それとも……と悩んだのであろう。

ちなみに、私は山本リンダと電話で話したことがある。ラジオの何かの音楽番組で出演者から視聴者に電話をかけるというコーナーがあって、生徒がいたずらで私の名前で応募したのだ。尻上がりの艶っぽい声で「この番組聞いてますか」と質問されて、「いいえ」と答えたのでおまけの景品はもらえなかった。

そのいたずらをした定時制の生徒は二十歳くらいになって入学してきた子で、長距離トラックの運転手をしていた。家にも遊びに来て、上手にピアノを弾いてくれた。独習だという。歌謡曲が好きで、「シクラメンのかほり」などちゃんと伴奏をつけて弾くことができた。背が高くハンサムで、優しく繊細な生徒だった。

卒業して五年後くらいして、市バスの中でばったり出会った。彼は神戸市バスの運転手になっていた。よくすいていたので、運転席の横に立っていろいろと話した。彼は以前のような清々しさがなく、ドアの開け閉めが少し面倒くさそうだったのが気になった。いまでも彼が閉めた降り口のドアを思い浮かべることができる。「また、遊びにおいでよ」と言うと、「勤務がややこしいから……」と元気がなかった。

それからしばらくしてだった。彼は自殺した。兄に事情を聞くと、若年性糖尿病を患っていて目が見えにくくなり、前途を悲観していたらしかった。自宅の裏山の雨でぬかるんだ土の上に、ズルリと彼がすべった跡形がついていたという。方法はいくらでもあったのに何で打ち明けんかったんやと、同僚が悔しげに大粒の涙をこぼした。私も、忙しさにかまけて何で電話の一つも掛けてやらなかったのだろう、あのドアの閉め方は変やと気づいていたのにと、情けなくて泣いた。

郵便局員になった定時制の生徒もいる。民営化か迫っているのでリストラになったらどうしようとか、今も時々電話してくる。国語が良くできた生徒で、私が採点した定期試験の解答用紙を保存していると言った。彼の書いた作文に私がコメントをつけていて、「こころの中は、宇宙のように広く深く、分からないものだから見極めようとしない方が、いいのではないでしょうか」とあるそうだ。その答案用紙をつらい時とか悲しい時に取り出して見ると落ち着くと言っていた。

父親が神戸高校出身で、どうしても神戸高校へと強制したという。それに反発して家出を繰り返し、定時制に入学していた。二年間、私が国語を担当した。ひねくれた生徒で、最初「先生の国語の授業は分からんのや」と職員室に文句を言いに来た。三十六歳になった誕生日に、「教えてもうた先生の歳になったわ。先生の気引きたかったから、職員室に怒鳴り込んだりしてん」と電話して来た。震災の時は、無事かどうかと家まで訪ねて来てくれた。去年の十一月には狂い咲きした桜の写真を撮って新聞社に送ったら掲載されたといって掲載紙を送って来た。「ありがとう」と電話をすると、「あの写真、亡くなった父親のカメラで撮ってん。なんか、父親に背中押された気がしたわ」と、ほろりとさせるようなことを言っていた。彼はやっと父親と和解したのである。

なぜか私は権太坊主と仲良くなるので毎日が波瀾万丈の教師生活で、元権太の中にはロンドンで柔道を教えながら生活している卒業生もいる。ほんと勉強しなかった生徒で、欠席が多く八年かかってなんとか卒業した。印象としては教室より職員室にばかりいたような気がする。ロンドンに来たら電話するようにと、住所と電話番号を知らせて来た。連絡して再会したい。

生徒との再会で一番驚いたのは、病院のベッドの上での再会だった。脳腫瘍のために入院した最初の夜、頭が痛くて身動きできず、ナースコールで「カーテンをしめてほしいんですが」と頼んだら、飛んで来てくれたのが元生徒だった。「声聞いたら、先生やと分かってん。こんなところで再会したくなかったけど、大丈夫やで。ここの先生は飽きるほど頭切っとうから、大船に乗った気でね」と、安心させてくれた。まだ連絡がとれていなかった長男や次男にも電話をしてくれて、私の入院手続き全部を彼女がやってくれた。退院後も、二、三回学校に会いに来てくれ、私が元気でなんの後遺症もなく復帰したことを、本当に喜んでくれた。

彼女は家庭事情が複雑で母親との折り合いが悪く、全日制からの転校生だった。転校して来た三年生の時に担任をした。卒業後、准看の資格を取り、私が入院した病院で手術室付きのナースをしていた。たまたまナースステーションに立ち寄ったところ私の声を聞いたらしい。頭の中も覗いたはずなので、しわの具合はどうだったと聞いたら、複雑でしたと笑っていた。

定時制高校に勤めて二十年になるが、定時制とは社会の矛盾が集中した、外からはなかなか見えない日本のひとつの闇といえよう。しかし、今日もその闇の中でもがきながら、時にはキラキラ光りながら、生徒は確実に成長していっている。

一週間に一人は卒業生が遊びに来る。「先生に、もう一度おこられたいわ」とか「高校生活にもどりたいわ。ほんま楽しかったわ」とか懐かしんでくれる。しかし、連絡して来ない卒業生たちはどうしてるだろうかと思うことがある。夏休み、インドを放浪してがりがりにやせて帰ってきて、私にダージリン紅茶と香木を彫刻して作ったボールペンをお土産にくれた生徒はどうしているだろうか。紅茶は、いままで飲んだ紅茶の中で一番おいしかった。ボールペンはすぐに壊れたが、香木の香りは五年たった今もかすかに残っている。

一年生の担任は大変だが、みんな四年生にもなるとしっかり授業を受けるようになる。なかには、「吸い込まれるようないかした授業で、楽しかった」という感想を寄せてくれた卒業生もいた。センター試験の国語一科目受験と推薦で、これまで四人の生徒を、神戸大学法学部（二部）に進学させることができた。が、ロースクール開設ということで、今年度から神戸大学は推薦制度を廃止した。残念である。

さて、大学時代に戻ると、親善野球のあと私を映画に誘ってくれたKとはなぜか気が合って、教養部から教育学部に上がってからは、本を貸してもらったり、一緒に映画を観に行ったりするようになっていた。「こまっちゃうナ」と悩むようなことはなかったけれど。『憂鬱なる党派』を始めとする高橋和巳のものは、全部彼から借りて読んだ。ドストエフスキーのものは、文庫なので自分で買って読んだ。『カラマーゾフの兄弟』や『白痴』や『悪霊』は二人で同じ時期に読んで、イワンの大審問官についてやアリョーシャの性格についてよく議論しあった。『悪霊』のスタヴローギンについては、すぐ後に連合赤軍事件が発覚したのでとりわけ印象が強いが、読んでいる時は本当に日本であんなことが起きるとは思いもしなかった。C・ウィルソン『アウトサイダー』や梅棹忠夫『文明の生態史観』やリースマン『孤独なる群衆』もKから借りた。

Kと二十年後に再会した時に、「よう一緒に本、読んだやん」というと、読書体験のことはよく覚えていたが映画鑑賞のことは忘れていた。アヌーク・エーメ主演の『男と女』とピーター・オトゥールの『アラビアのロレンス』を観たのである。しかし、私も忘れていたことがある。大手前会館の前を通った時に、「覚えてるやろ。ここで高橋和巳といいだもも講演聞いたやろ」と言われたが、Kと一緒だったことは覚えていなかった。うつむいてぼそぼそ話していた優等生タイプの高橋和巳と、それとは対照的に垂れ幕の「抵抗」の抗の字が木偏になっているのを見つけてゲバ棒に擬《なぞら》えて元気にアジっていた、いいだもものことはよく覚えているのだが。

Kと別れたあとで、思い出というものは、人によっていろんなかたちをしているのだなあと、しみじみ感慨にふけった。それから、客観的に実在しているものさえデフォルメして飲み込んでいく自我とは何なのだろうか、虚構と現実の間にあるものは何だろうかなどという哲学的難問に捉えられるのだった。

プラス思考型の私もたまにそんな難問につかまって、神戸駅のホームレスのように落ち込むことがある。そんな時は大学時代からの恩師や友人に長々と電話をしたり、ダイエットのために禁止しているケーキやおぜんざいを食べたりして気晴らしをする。それから、弟子プラトンにより知られるギリシャのソクラテスから始めて二千数百年来、哲学者たちが考えてきても分からない難問は、やはり分からないとするのが愚者なりに賢明であると割り切って、暗い穴の底に引きずり込まれそうな危機から身を引きはがすのだ。こころの闇は深く、一歩踏み込めばもとに戻れそうにないからである。しかし、闇はこころの中ばかりではなく、様々なところに実在していると実感したのがこの中欧の旅であった。

壁と銃弾——ベルリン・ポツダムで

私が参加したツアーは、「LOOK・JTB　東部ドイツ・中欧大周遊十一日間~ブダペスト・ブラチスラバ・プラハ・ドレスデン・ベルリン」というパックだった。ベルリンで私はツアーから離脱して、次男の友人のビアンカに迎えに来て貰った。彼女はコッホ研究所でインフルエンザを研究していた。私は彼女に、そこには今から百年ほど前、日本から森林太郎という陸軍軍医が留学していたはずであると拙い英語で説明したが、彼女は日本から来ていた留学生についてはまったく知らなかった。

私はビアンカにドイツの新幹線（ＩＣＥ）に乗せてもらい、マールブルク（次男の留学先）で二泊して再度ベルリンに帰り、テーゲル空港の近くのホテルで一泊してウィーン経由のオーストリア航空で帰国した。期間は二〇〇三年八月十一日～二十五日（十五日間）ということになる。

日本を出発する直前、慌ただしく関空に着いて諸手続きを済ますべくカウンターに並んでいると、信じられない情報が入って来た。搭乗するはずのオーストリア航空が直前にフライトキャンセルを通告して来たというのだ。使用機材がオーストリアから到着しなかったのだという。待つこと三十分、私たちのツアーは添乗員を合わせて十一人だったのでなんとかフィンランド航空に乗せてもらえることとなり、ヘルシンキに向かった。一緒に待っていた別の二十人くらいのツアーは、成田に回ってウィーン行きの飛行機を探すらしかった。

まあ乗れてよかったとほっとしたのだが、ヘルシンキで二時間半待ってフランクフルト行きのルフトハンザに乗り換え、フランクフルトでさらに二時間半待ってブダペスト行きに乗り換えて、着いたのは午後十一時半だった。予定では、午後五時にブダペストに到着し、夕食をすませてもう寝ている時間だ。日本時間に直せば午前五時半ぐらいで、もうくたくただった。

ヘルシンキでの待ち時間の間、私は空港内のCD店に行ってマドンナの「アメリカン・ライフ」を探した。平積みになっていて他のCDとは別格扱いだったので、私はかなり満足した。この旅行の一カ月前に、チェ・ゲバラ風のマドンナの写真にひかれて、なにげなく購入し聴き込んでいたからだ。落語の出囃子のようにマドンナのロックを聞いてから勤めに出掛けていたので、職場では「明日は網タイツで来るわ」とか「ライク・ア・バージンよ」とか言って顰蹙を買っていた。ちなみにマドンナ熱は今もさめず、気に入ったCDを購入しては親しい人に贈っている。

やっと着いたブダペストは、「ドナウの真珠」とか「ドナウのバラ」といわれているハンガリーの首都である。そのライトアップされた夜景が見えて来た時は、「ブダペスト」「ブダペスト」というささやきが、機内に溢れた。ブダペストの夜景は暗い闇の中にそっと置かれた光の花束のようであった。さらに高度が下がるとドナウのてらっとした川面も見えはじめ、乗り換えと長い待ち時間で疲れきった心が少し軽くなった。街は午後十一時までライトアップされているそうだから、ほんとギリギリ間に合ったという感じだった。ホテルへのバスに乗り込んだ時にはライトは消えていた。

とっくに時間外なのに、まだ待っていてくれた現地ガイドは、開口一番、もう少し早く到着していれば、夜景を楽しみながらホテルまで行けたのですがと、申し訳なさそうに言った。ホテルまで確かに暗かった。途中の、旧社会主義体制時代に建てられて今は廃屋になっているという小さい窓のアパート群の闇の深さには、驚いた。道路の街灯でちらりと見えた程度なので全貌はつかめなかったが。同じようなアパート群には、そのあとベルリンでも出合った。その際に現地の日本人ガイドの矢作さんから、サハリン地震の時にドミノ倒しのカードのように倒壊したプレハブの高層アパートと同じつくりであると教えられた。ベランダがないので、アパートというより刑務所みたいだった。東ベルリンには、社会主義体制下で建設され廃屋になっている高層ビルが、繁華街に今も残っている。それは私に、阪神大震災で半壊したにもかかわらず、まだ静かに立ち続けている神戸（湊川）のマンションを思い出させた。

ブダペストでは翌朝九時にホテルを出発して、英雄広場や漁夫の砦やマーチャーシュ教会を見学した。漁夫の砦に到着するまでに通った商店の入り口や住宅地の塀などには、銃弾の跡が残っていた。半世紀近く前の一九五六年のハンガリー動乱の際のものということだった。非スターリン化を求める市民と政府側との武力衝突が起こり、ソ連が軍事介入して親ソ政権を立てたという侵攻事件である。日本では一部の共産党系の知識人の目から、うろこが取れるきっかけともなった事件である。

こんな銃弾の跡には、ベルリンでも、ポツダムでも出合った。一番凄まじいと思ったのは、独ソ戦の終末期にソ連軍がベルリンでヒットラーユーゲントを処刑した場所の壁に残っていたものだ。バスの窓から見ただけなのだが、壁の無数の銃弾の跡にうっすらと人のかたちが残っていた。

ポツダムでは、湖のそばの高級住宅街の壁などに銃弾の跡が残っていた。ソ連が東ベルリンに侵攻して来た際、子供、赤ん坊までも殺したので、壁崩壊で返還されたあとも子孫が絶えて廃屋になっている邸宅も多いという。それらの邸宅は占領時にはソ連の高級将校の住宅として、その後は東独の共産党幹部の住宅として使用されていたそうだ。カーテンなどはまだ奇麗な不思議な廃屋で、それらが明るい午後の光の中で揺れているような気がした。白い闇が今もなお点在しているドイツの、戦争の傷跡はいかにも深い。

「死人はしゃべらない」というスターリンの鉄則に従って男は皆殺しで、少女を含む女たちは、ソ連兵に強姦、輪姦されて、湖に捨てられたという。矢作さんは、このツアーは女性が多いのでもうこれ以上は言えませんとうつむいていた。ポツダム会談が行われたツェツィリェンホーフ宮殿に至る道を歩いていた時、私が彼に、そんなにひどかったんですかと尋ねると、殺し方が信じられないぐらいですよと答えて、次のような話をしてくれた。空腹をかかえた捕虜たちを食事だと言って連れ出して、テーブルの前に膝まずかせて舌を出させて、その舌に釘を打ち付けて、失血死させたとか……。

東ベルリンにある「森鷗外記念館」の周りのアパートの壁にも、ところどころ銃弾の跡があった。市内で銃撃戦をやったわけだから、こんなところにも残っているのだろうと思った。

私はかねがね、紙と木で出来た日本の家屋を焼夷弾で焼き尽くし、広島・長崎に原爆を投下し、沖縄で砲弾の雨を降らせたアメリカを、恨み続けている。矢作さんから、ドイツの歴史学者たちが、そんなアメリカの戦争責任を国際法廷で問おうとしているという話を聞いた。どういうことかというと、アヘン取引で財をなした家の生まれであるフランクリン・ルーズベルト大統領は、日清戦争で日本が勝利したために没落し、以後辛酸を嘗めたので日本憎しの思いが強かったのだそうだ。で、イタリアが降伏し、ドイツが徹底的に空爆されて、そこで日本とも講和を結ぶことができていれば、それ以後アジアでの戦争の継続は必要ではなかったというのだ。しかし、暗号を解読して分かっていたのに日本を真珠湾攻撃にまで追い込み、戦争に懐疑的だったアメリカ国民の憎悪をあおって対日参戦し、日本の非戦闘員の一般国民まで大量に殺戮した戦争責任がルーズベルトにはあるとし、ルーズベルトの後のトルーマンの二度にわたる原爆投下命令まで含めて、アメリカの戦争責任を問うというものだ。

その後、この話がどうなったか分からない。多分、歴史学者たちの運動としてのみであったのだろう。

二〇〇三年三月に、フセイン政権の大量破壊兵器所持を理由にアメリカのイラク戦争が始まったが、その尻馬に乗ったイギリスやオーストラリアとは違って、ドイツはフランスとともにアメリカに追従しなかった。そんな理性的なドイツ人の一翼を歴史学者たちが支えているのかもしれない。もっとも、映画『戦場のピアニスト』を観ると、ナチス・ドイツに限らず、独裁政権の暴虐非道さには目を背けたくなるのだが。

ドイツでは「オスト」（東）へのノスタルジアということで「オスタルジア」が流行しているらしい。映画『グッバイ、レーニン！』の観客動員もかなりの数だったという。

東西冷戦下の東ドイツで、東ベルリンの人達が、どのようにしてベルリンの壁を越えて西ベルリンに脱出しようとしたかについては、壁博物館に行けばよく分かる。グライダー、気球、カヌー、地下の抜け道、子供を隠して運ぶショッピングワゴン、東独の警備隊の制服、検問所を強引に通過した銃弾の跡のある自動車など、なんでも展示してある。

一九八九年十一月九日、ベルリンの壁は崩壊した。フリージャーナリストとして当時ドイツに滞在していた矢作さんは、次のようにその時のドキュメントを発表している。

壁の崩壊したその時に、その話題の渦中であるベルリンにいたということは、大変劇的な瞬間を味わったと見られるだろう。ところが、そんなことは世界の誰もが予測できなかったことで、歴史的大事件の渦中にいる本人も即座に把握できた出来事ではなかった。私はその夜も西ベルリンのホテルに通常通り勤務していて、この事件は全く意外な、私にとってはキツネにつままれたような事件なのであった。（中略）一九八九年十一月九日から十日にかけての夜半、西ベルリンの繁華街クーダムが、すこしずつ、しかし確実に賑やかになってきていた。よくサッカーなどの応援に持ち込まれるようなラッパの大きな音や、酔狂たちが叫ぶような蛮声が聞こえて不審に思った。（中略）ロビーの革椅子は人で全て占められ、その回りに立つ半ば緊張した半ば夢の世界にいるような不思議な目の光を湛えた者たちが、「壁が開いたんだ」「ちょうど、デー・デー・アール（東独）から出て来たばかりなんだ」と言い知れぬ笑みを浮かべながら語っていた。

なにげなく、うっかりと東ベルリンから西ベルリンへと壁を越えた人に、みんなが続いた結果、壁は崩壊したのである。

私がそこを訪ねた時は、壁は破砕されて道路の舗装材などにリサイクルされ、表側の壁の一部のみが「ニーダーキルヒナー通り」として保存されていた。その壁にいろんな落書があって、富士山のイラストの下に「日本地区迂回路絶対的到」というのもあった。永久的に戦争を放棄した憲法九条の国・日本に幻想を持つ中国語専攻の大学生が書いたのだろうか。ベルリンの日本大使館の横の通りは「ＨＩＲＯＳＨＩＭＡ通り」と名付けられている。

驚いたことに、壁は二重で、壁と壁の間は地雷で埋まり、獰猛な犬がうろつき、二十四時間国境警備隊の監視下にある無人地帯であった。越えようにも越えられなかった死の壁なのだ。ペルナウワー通りには、その内側のレンガの壁が保存してあった。壁を越えようとして亡くなった人の碑銘には花が供えられていた。

この旅の頃、フランスでは記録的な暑さのために多くの人が死亡していた。ホテルに帰ってテレビのニュースを見ると、医師も炎熱のパリを離れてニースなどに避暑に行ってしまって大騒ぎだった。プラハは三十九度でドイツでも暑かったが、この内側のレンガの壁の辺りは木々が茂っていたせいか、なんだか冷え冷えとしていたのを覚えている。

ベルリンの壁のかけらが、一個五ユーログらいで販売されていた。十個買って帰って、友人たちにお土産として渡した。ふうんと感慨深げな人もいたし、壁の商品化に割りきれない思いがすると反撥する人もいた。何でも商品に変える資本主義の極北が、私のベルリン土産だったのかもしれない。

韓国映画の『シュリ』『ＪＳＡ』はいい映画だが、これも南北分断を商品化しているということになるのだろう。ロラン・バルトは、「イデオロギーとはある時代の想像物であって、映画はある社会の想像物である」と言っている。

坂の町――マールブルクで

マールブルクは坂の町で、尾道に似ていた。五十年来、坂の町・神戸に住んでいる私が、きついなあと思うくらいの坂だらけだから、平地の多いドイツでは珍しい町だろう。坂が多くてしんどいかわりに、神戸も尾道も、眺めがすばらしい。マールブルクもまた、お城からの眺めがいい。海は見えないけれども、ひろびろと大地が広がり、緑の丘がうねうねと続く。丘の麓には、整然とした赤い屋根の住宅が並び、教会の尖塔の十字架が光り、一条の川が流れていた。

そのマールブルク城の展望台には、カメラ・オブスキュラ（暗い部屋）が設置してあった。小屋掛けの小さい暗い部屋の真ん中に白いテーブルがあって、そのテーブルの上にマールブルクの町が拡大されて次々に写るのである。係のおじいさんが一人いて、屋根のレンズを少しずつ動かしていた。これがカメラや映画の原型ということで、映画に至るまなざしの物語は、このカメラ・オブスキュラから始まったのだそうだ。

私がその部屋から出ると、もう誰も入場者がいなくて、係のおじいさんは同じ年恰好の人と何か話していた。マールブルク城は広い。バラ園があって、野外映画場があって、さびた鉄格子の牢屋もあって、今は学生寮となっている使用人のための建物もあった。ぐるりと廻って帰って来ると、展望台ではまだ老人たちは話し込んでいた。なんだか時間が止まっているような奇妙な感じがした。

バラ園では、乳母車の中の赤ちゃんをあやしながら、金髪のドイツ女性が読書していた。咲き乱れている赤や橙や黄色のバラの中の、白い幌の乳母車。傍のベンチで、足を組んだピンクの服の母親は、寝入ったらしい赤ん坊に安心して熱心にページをくり始めた。一行三十円の国語辞書（明治書院）の語釈の下請けをしながら、髪を振り乱して育児していた私とはえらい違いである。駐車場には、結構マツダとか日産の日本車があって、ベンツの国でも善戦しているんやなあと感心した。もちろんオートバイは、ホンダ、スズキ、カワサキと日本製が揃っていた。

マールブルク城からだらだらと坂を降りて来ると、一筋の商店街に出た。そのショーウインドウに、「江戸前寿司」と漢字で書かれた提灯がぶらさげられていた。日本髪で浴衣の美人が、中腰で西瓜を食べているポスターも張られていた。つまり、自動車という現代日本ばかりではなく、古い日本も健在で、マールブルクにはジャポニズムが息づいているのだろう。それで、二日前のことを思い出した。

ベルリンのブランデンブルク門の辺りを歩いていた私は、ドイツの中年のおばさんたちに「くさい、くさい」と声をかけられたのである。カメラのフィルムがなくなったので、ツアーの仲間から離れて一人で売店まで行く途中だった。私は腹が立って日本語で「なによ」と言い返しながら振り向いたら、おばさんたちはなんだかにこにこしていた。

矢作さんに、「くさい」などと失礼ではないか、ドイツ語で抗議をして来て欲しいと頼むと、「くさいなんて日本語は知らないから、それは北斎のことだろう」とやんわりたしなめられた。一人で行動しているせいか、私はよく外国で声をかけられる。「コリアン?」や「チャイニーズ?」と聞かれたり、日本人らしいと見当をつけて「ポケモン・ピカチュー」や「コンニチワ」などといわれる。しかし、北斎とは教養があるおばさんたちだった。それが、ジャポニズムということなのかもしれない。

ロミー・シュナイダーのシシー――ブダペストで

都市は人に似ている。強国ロシアのそばで辛酸を嘗めたハンガリーの首都ブダペストは、おしゃれで軽快なウィーンと比べて、素朴で簡素で、いじらしい。十八世紀に流行したペストを生き延びた人々によって建てられたウィーンの三位一体像は、金ピカで華やかだが、ブダペストのそれは銅の地味なものであった。

一通り名所見物をしたあと、フリータイムになったので市場に出掛けてみると、赤い唐辛子が鈴なりにぶらさがっていた。ハンガリーシチューになぜパプリカを使うのか納得した。当地ではパプリカを使ったスープが名物料理で、グラシュスープという。

それから、新婚三カ月の教師夫婦にひっついて、トカイ・ワインセーラーや「シシー」の名が付いているコーヒーの飲めるカフェや骨董屋を廻った。シシーとは、バイエルンのノイシュバンシュタイン城を築城したルートヴィッヒⅡ世のいとこで、後のオーストリア・ハンガリー帝国の美貌の王妃・エリザベートの愛称である。奥さんの方がシシーのファンということで、美貌の王妃が好んだコーヒーを飲みたがっていたのだ。もっとも、味はどろりとしてあまりおいしくなかった。

ルキノ・ヴィスコンティの『ルートヴィヒ』（ヘルムート・バーガー主演）には、ちらりとロミー・シュナイダーのエリザベートが出て来ていた。ロミー・シュナイダーには、若き日のエリザベートを撮った主演映画『プリンセス・シシー』がある。王子（カールハインツ・ベーム）と出会い清新な恋愛ののち結婚に至るという、たわいない映画であった。シシーのロミー・シュナイダーは、なんの悩みもないようなお姫様女優だった。しかし、『哀愁』あたりから、実人生の不幸もあってか陰影が出て来て、『ルートヴィヒ』では放浪の美貌の王妃役にぴったりだった。そして、その後しばらくしてから彼女は自殺したのであった。

若きロミー・シュナイダーとは、私は小学六年生の時に新開地で出会っている。神戸では有名な映画館（聚楽館）の入場係が近所の人だったので、こっそりと入れてくれたのだ。自宅に下宿していた人にも連れて行ってもらったりして、私は映画をよく観ていた。

その頃、東京の浅草と比較されていた新開地はまだまだ賑やかで、映画館もたくさんあった。淀川長治生誕の地でもある。温泉劇場というのもあって、家族や近所の人たちと一緒にお風呂に入って映画を観て食事をした。テレビが普及すると温泉劇場がなくなり、聚楽館にも人が入らなくなって、新開地は急激に衰退し始めた。中学生になっていた私は、映画好きの友人とエルビス・プレスリーの『ブルー・ハワイ』を観に行ったが、それが新開地での最後の映画鑑賞になった。女子中学生が二人、新開地をうろうろしていてもそんなに危険ではなかったのだろう。家庭や学校では禁止されていたので、結構スリリングではあった。

シシーが歩いたと言われているブダペストのアンティーク街などを廻って、くたくたになってホテルに帰って来ると、バスタオルを掛けた水着姿のツアーの人に出会った。温泉プールで泳いできたのだそうだ。水球の強いハンガリーの秘密は、どこでも温泉が出ることにある。

最後の夕食の際、ハンサムなピアニストが「男と女」と「さくら、さくら」と「隅田川」と「ブルー・ライト・ヨコハマ」を弾いてくれた。こんなところで「ブルー・ライト・ヨコハマ」を聞けるとは、と我が耳を疑った。フォリント（ハンガリーの通貨）を存分に遣ってくれる日本人のために弾いてくれるのだろうと思うと、なんだか悲しくなった。広いレストランには私たち以外にそんなに日本人はいなかった。ツアーの中のテナーサックスを吹くというパン屋さんが、みんなから五百フォリント（二百五十円程）ずつ集めてチップとしてピアニストに渡したら、「ありがとう」と日本語で応えてくれた。そのあと、ドナウ河の岸辺をツアーの人達と「ブルー・ライト・ヨコハマ」を口ずさみながら歩いた。歩いても歩いても岸辺は若者達で賑やかで、ドナウの川面は暗かった。

賭博・狩猟・磁器——ブラチスラバからマイセンへ

スロバキアは、一九九三年にそれまでのチェコ・スロバキアが二つに分かれてできた国である。チェコ・スロバキアというと一九六八年の「プラハの春」に対するワルシャワ条約機構軍による侵攻事件を思い出す。ソ連がなぜそんな横暴な挙に出たかというと、かつてそこがナチス・ドイツの支配下に置かれていたからだ。さらにその前には、スロバキアはハンガリーの植民地だった歴史もある。

そんなスロバキアの首都ブラチスラバはこじんまりとしてユーモアにあふれた街だった。フランス大使館の前のベンチにはナポンオンが脚を組んで腰掛け、マンホールからはハンマーを握った修理のおじさんの銅の頭が覗いたりしていた。昨年できたという日本大使館は何の芸もなく、ただ市が開かれる街の中心のフラヴネー広場に面しているばかりであったけれども。

ドナウ河沿いのホテル・ダニューブに帰ろうとしてマルクト広場のそばを通ったら、なんだか楽しそうな声とひとだかりがしていた。人の輪の中に入ってみると賭け事をしていた。三つの箱の中のどれにお金が入っているか当てるのだ。みんな夢中である。しばらくそれを見ていて、私はクリフォード・ギアツの『ヌガラ』を思い出した。ギアツはバリ島の神殿内でおこなわれる闘鶏を見ていて「闘鶏の中で捲き込まれる深い現実感覚」という「深層の遊戯」を発見したが、バリ島までいかなくてもスロバキアのここで十分ではないかと文句のひとつも言いたくなった。ギアツの発見は、オリエンタリズムで底上げされているのではないだろうか。賭場が神殿の中に組み込まれているというところが味噌なのだろう。

スロバキアからバスで国境を越えてプラハに到る途中で、ゴシック様式のボヘミアの古城・コノピシュチェ城を見学した。ここの最後の城主がハプスブルク家最後の皇太子となった、フランツ・フェルディナントである。彼は一九一四年六月、サラエボで妃のゾフィーとともに暗殺されて第一次世界大戦の発端になった。

コノピシュチェ城はすさまじい数の剥製で埋め尽くされていた。フェルディナントが狩猟で獲た動物は三十万頭といわれ、約三千体が剥製にされて城中にコレクションされているということだった。廊下の壁、食堂の壁と至るところにキツネやタヌキや鹿などの半身が埋め込まれていて、全身像の立派な剥製は、また別に収蔵されているということだったが、その別館まで見学しようという人は私たちのツアーにはいなかった。ほんとかわいい幼獣まで剥製にされていて、かわいそうになってしまうのだ。今でも、四匹のイタチかタヌキの幼獣が、巣の中から可愛い顔を出して生き生きしたまなざしで私たちを見ていたのを思い浮かべることができる。

他の外国からの観光客は結構楽しんでいるようだったから、私は、先の賭博と同じように、狩猟も「深層の遊戯」の一つとして捉えられる人達がいるのだろうと思った。入る時は大変混雑していて四十分待ってやっと入城できたくらいだから、人気の観光スポットであるらしかった。

しかし、私たちのツアーのおばさんたちは、「こんな殺生したらあかんやん」とか、「こんな生まれたてのまで殺さんかって」とか、「暗殺されたんは、罰があたったんやで」とか、つぶやき始めるのである。とうとう、「なんか気持ち悪いやん。はよ出よか」と、みんなでコノピシュチェ城を脱出し、「もうお盆やなあ。ここは涼しいけど日本は暑いやろなあ」「お墓参り頼んで来たわ」とか言いながら、だらだらと山道を降りたのを覚えている。

コノピシュチェ城と同じ狩猟の館は、他にもあった。ドレスデンからマイセンに行く途中のモーリッツブルク城である。そこは城の中は見学しなかったが、門の前までは歩いていった。夕方で、見学者たちがみんな出て来たせいか、門前の道にはかなりの外国人観光客の姿があった。道の途中にバイオリンとコントラバスを演奏している兄妹がいた。結構上手で、特にバイオリンを弾いている妹はピンクのフリルのついた服を着ていて可愛らしく、前に置いてある箱にはかなりのユーロが入っていた。添乗員によると、親が子供に強制的にさせているのだろうということだった。ドイツでも不景気で失業率が高いらしかった。

やっとマイセンに着いて磁器博物館を見学したのであるが、私はそこでコノピシュチェ城で感じた西洋人の動物への感性が、東洋人である我々とは明らかに違うことを再認識した。磁器博物館には十八世紀から現代までの作品約三千点が展示されているということで、スープやシチューを入れる蓋のついた鉢ものや、ビアマグ、コーヒーカップ、装飾プレートと見て歩いた。マイセン磁器は高価なだけあってデザインも絵柄も精選されて、一種の西洋文化のエッセンスが詰まっているように見えた。動物の図柄が多く、蓋の上に豹がうずくまっていたりするものもあった。

驚いたのは、五匹の猟犬が鹿を追い詰めて嚙み殺し、その体を食いちぎっている絵柄があったことだ。猪の体を犬二匹で食いちぎっている絵柄もあった。獲物の肉片は真っ赤で、白磁に映えているのだけれども、日本人の美意識とは明らかに違っていた。イマリやアリタがジャポニズムということで珍重されたのは、植物が装飾のモチーフとなりうることが西洋人には清新なことだったのかもしれないと思った。もっとも、フランス王家の紋章はユリで、ギロチンにかかったマリー・アントワネットはピンクのバラを自分の紋章としていた。ピンクのバラは、真っ赤なバラとなって「歴史の裂け目」に吸い込まれていったのである。

ヨーロッパのバルコニー――ドレスデンで

ドレスデンは、エルベ川のフィレンチェといわれている。ホテルのすぐ横のフラウエン（聖母）教会は、ドイツ最大のプロテスタント教会である。十八世紀前半に建立されたバロック様式の巨大な聖堂は工事に六千百十八日かかったが、第二次世界大戦末期のドレスデン爆撃で瓦礫の山と化した。米・英は、日本の奈良や京都に比すべきドレスデンを空爆したくはなかったそうだ。しかし、スターリンに無傷の都市があるのはおかしいと難癖をつけられ、仕方なく空爆したのだという。それにしても近代兵器の破壊力は凄まじい。壁崩壊後の一九九四年から再建工事が始まり、完成予定は二〇〇六年である。

ドレスデンには、ゲーテが「ヨーロッパのバルコニー」と名付けた、エルベ川沿いの壇状地ブリュールのテラスがある。対岸にはザクセン州大蔵省など州政府の建物が並んでいて、眺めがいい。このテラスにグランドピアノを持ち込んでジャズを弾いていたり、ピエロの姿でパントマイムに興じていたりする人がいた。例のテナーサックスのパン屋さんは、ここでラーメン屋をやったら儲かるだろうなあと言っていた。

私は川下りが好きで、テームズ（英）・セーヌ（仏）・璃江（中国）・ドナウ（ハンガリー）・モルダウ（チェコ）と制覇してきたので、エルベもと意気込んでいたが、遊覧船は航行中止になっていた。昨年は洪水でドレスデンの絵画館など名画を守るために大変だったと報道されていたのに、今年は一転して旱魃で川の水位が足りないのだ。洪水の時の絵葉書が売り出されていて、水に写っているツヴィンガー宮殿は、わざと大きく神秘的に見せるために四角い池を前面に置いたアルハンブラ宮殿を思い出させた。

ドレスデン絵画館では、三年ほど前に大阪で長い行列をしてやっと観たフェルメール「窓辺で手紙を読む少女」に再会できて嬉しかった。ベルリンの美術館でもフェルメール「天文学者」を観たから、結構がんばってフェルメール展が日本で開催されたということだろう。

ところで、エルベの戦いといったら、第二次世界大戦末期のドイツとソ連の激戦として有名である。こんな眺めのいい「ヨーロッパのバルコニー」で、血みどろの戦闘が行われていたとは、にわかには信じ難かった。ちなみに、ブリュールのテラスの下には中世以来の武器が展示してある城壁博物館があって、本当に戦いばかりして来たのである。

ゲルマン（ゲール人）とは、戦う人という意味だという。そんなゲール人の典型で、戦いにあけくれたプロイセン王フリードリヒⅡ世が、夏の離宮として建てたサンスーシ宮殿がポツダムの丘にあった。十八世紀初期のロココ様式で、王が命名したサンスーシとは、フランス語で「憂い無き」を意味する。

その音楽室（王はフルートの名手）の天井には古代ローマの神話が描いてあって、そこにはパンも登場していた。パンとは、ギリシヤ神話の牧畜の神で、山羊の脚・角・髭を持った醜男とされている。パニックとは、突然出現したパンに追いかけられることから出来た言葉だという。そのパンが葦に変えてもらって片思いの人を偲ぶというギリシヤ神話から、花袋は『蒲団』（明40）の着想を得たと『花袋全集』の解説にあった。

サンスーシ宮殿には露伴の『風流仏』（明22）の着想の元となったピグマリオンの恋物語を描いた少女像も展示されていた。それはキプロス島の王であったピグマリオンが、自分で彫った象牙の少女像に恋い焦がれているのを知った女神が、像に生命を吹きこんで人間にしてくれたという伝説に基づいたものである。その少女像は膝くらいまでは大理石のままで、それから上は暖かい血が通っているように造られていた。露伴と言えば頭から東洋ときめつけがちだが、『天うつ浪』（明36）の冒頭には、ニーチェ『ツァラトゥストラはかく語りき』からの引用が延々と続いている。露伴なりの西洋の嚙み砕き方というものを、一考する余地があるだろう。

ポツダムで、こんなふうに田山花袋や幸田露伴について考えなければならないとは思っていなかった。二百九十ヘクタールの広い庭園の、階段状になった葡萄園や噴水や金色の鳥小屋を巡りながら、明治の文学者ってすごいもんだと、ほとほと感心した。

しかし、ポツダムで日本人として本当に考えなければならないことは、ツェツィリェンホーフ宮殿にある。日本の無条件降伏を米・英・ソ連が決定したポツダム会談（一九四五年七月〜）の場所なのだから。赤い絨毯が敷き詰められた会議場には、大きなテーブルとそれぞれの首脳が座ったゆったりとした椅子が、そのまま保存されていた。椅子にはよく分かるようにそれぞれの国旗が置いてあった。スターリン、トルーマン、チャーチルの部屋も見学した。三巨頭が散策した中庭には、ヘリオトロープの茂みもあった。ヘリオトロープとは、教会の前で美禰子が三四郎と別れる時に差し出したハンカチに染み込ませた香水の名前である。強い香りなので、私を忘れないでという思いを込めたのだろう。

その後、以前のポツダムとベルリンの国境で、真ん中で色分けされてスパイの交換をしていたグリーニッカー橋を渡ってベルリンに向かった。その橋の途中で、私はヘリオトロープの香りを思い出しながら、三四郎が感じた「謎のような空漠たる気分」にとらわれた。現代という「歴史の裂け目」のなかで、私は受動的で何もできない老いた迷羊に外ならないのだろうか。

ベルリンでは映画『舞姫』の撮影現場になった豪華なホテルに三泊した。プラハのベルベット革命以前の共産党幹部向けの眺めのいい広い部屋のホテルでの二泊もよかったが、こちらのホテルは、なにしろウンター・デン・リンデン（菩提樹通り）の側なのが嬉しかった。一人でぶらぶら散歩しながら、つぎは『舞姫』論を書きたいなと思った。

七十年前の青春

漱石研究をしているということで講話のお誘いを受けることがある。アボット会は、私の母校兵庫高校の前身、神戸二中で世界史を教えておられた中島武志先生が担任されていたクラスの同窓会の名称である。敗戦後、二中から県立兵庫高校に制度移行して初めて女子生徒を受け入れた学年で、たまたま私がアボット会の方に中島先生から日本史の授業を受けたことを話すと、一度、会に来て話をしてみないかとお誘い下さったのである。

講話はどうも拙《つたな》かったようである。漱石の落款の一つ「破障子《はしょうじ》」から始めたのだが、石原慎太郎の『太陽の季節』の場面を言い出された方もいて波乱含みであった。漱石は胃が悪いばかりでなく痔も悪くよく放屁をしていて、それが「まるで破れ障子の風に鳴る音」（夏目鏡子『漱石の思ひ出　後篇』角川文庫、昭29・12）に似ていることから「破障子」という号を作り自分を笑っている程度のことを枕にしようとしたのだが。枕が砕けると以下うまくいかず反省しきりであるが、出席された方々（八十歳以上）から、私が頂いたものの方が多かったのではないかと感謝している。

まず、年をとることが怖くなくなった。それまでは誕生日が来る度に憂鬱だったのが、皆さんスッキリとした姿勢で頭脳明晰、明朗活発なアボット会の方と接していて、ああ、こんな風に私も年を取りたいものだと背筋も伸びてくるようだった。そして、何より驚いたのは皆さんの中に青春の熾火を見たことだった。七十年前の青春が現前していたのである。

ある日、米兵の夫婦がジープで兵庫高校にやって来てフォークダンスを教えて帰った。後で、そのステップを覚えた真面目な高校生たちの中の誰かの提案で、学校のがらくたを運動場の真ん中で燃やしてフォークダンスをしようということになったらしい。その際、女子学生の手を取ると思うと胸がドキドキしたという思い出を口々に語る皆さんは、一瞬時空を超えて十五歳の少年に戻っておられた。熾火がふうっと強くなって、少年たちの顔を綻ばせ、輝かせていた。青春は素敵だと、感動した。

アボット会の皆さんが始められたフォークダンスの伝統は、私達五十三陽会までは継続していた。つまり、十八年は続き、私達も体育祭の後、運動場の夜のしじまの中、最大音量で「オクラホマ・ミキサー」や「マイムマイム」を流し、赤く燃えるたき火を囲んで踊っていた。ユーカリの黒い影と沈黙した校舎に囲まれて、後二人回れば密かに恋心を抱いている男の子と手をつなげるとドキドキしながら。

そのフォークダンスで、手をつないだことが恋を育んだという実例もある。新聞委員会の二年先輩の尹達世《ユンダルセ》さんの初恋は、テニス部の女子生徒だった。可愛い女子生徒の手を、さぞ柔らかい手であろうと期待して握ると、驚いたことにゴワゴワとして硬かったのだ。その時、彼女の家庭環境を推測し、そんな家庭の苦況を微塵も見せない彼女の健気さが、彼のこころを鷲づかみにしたのである。在日韓国人であった彼の境遇も共振したのだろう。

阪神大震災の後、彼の被災体験記が「アエラ」に掲載され、阪急電車の中で中吊り広告になった尹達世さんの名前がひらひら風に揺れていたのを思い出す。関東大震災の時のようなことがまた起こるのではないかと心配したと書いておられたが、杞憂に終わって本当に良かった。

さて、拙講話は、「江戸では、犬川（犬の川端歩き）や手を振って歩くことを揶揄して折助と軽蔑されていたのが、明治になって二中でも逍遙歌が多く作られたように、学生は三々五々散歩するようになったのです」と、漱石が身体の西洋化をどう作品の中で描いていたかを述べようと思っていたのであるが、尻切れとんぼになってしまった。

『吾輩は猫である』（明38〜39）は、動きまわる猫（実は漱石）という視点が、生き生きとした語りを生んだ。その「吾輩」と対照的なのが、書斎の机にへばり付いている牡蠣的主人・珍野苦沙弥先生（これも漱石）である。

二年前のNHK朝ドラ「あさが来た」の中で、東京に出てきたヒロインのあさが、早足で歩いている福沢諭吉と学生達に出会って驚き、「何しているの」と聞いて「散歩」という答えが返ってくるシーンがあった。散歩の始まりというものはあんな風に奇妙で人目を引くものだったのだろう。私はこのシーンが見たくて、その日は三回も見た。総集編では諭吉らの散歩シーンはあったが「散歩」という言葉がなく、『散歩する漱石』（翰林書房、一九九八）を上梓している私としては、一言でいいから入れて欲しかった。大河ドラマ「八重の桜」では、手足同時の日本式の歩き方である「なんば」から、兵隊の行進に都合がいいように改良された「オイチニイ、オイチニイ……」の西洋式の現在の歩き方の練習をするところまで出て来て、時代考証の精緻さに感心した。近代化とは日本では、歩き方まで変えて西洋化していくことだったのだ。その名残は、たとえば「整列、前に習え、直れ、休め」という言葉や運動会の行進に形を留めている。いずれも学校で叩き込まれる身体の近代化だ。

『三四郎』（明41）では、主人公がブラブラ歩き回り、東京という都市と憧れの帝大生の生活を読者に報告している。さらに三四郎が謎の女美禰子と会うことで、心躍る恋愛の始まりを描きあげた。『三四郎』は、私達の恋愛の原風景が埋め込まれている漱石の楽しい青春小説だ。『三四郎』『それから』『門』の前期三部作で、漱石は青春と恋愛と不倫を輸入したことになる。しかし、宮武外骨が「タンスもガタピシ自由恋愛」と揶揄したように、近代日本で恋愛はなかなか浸透しなかった。私の周りも結構見合い結婚で、恋愛結婚の方よりも、うまくいったようだ。団塊の世代では兵庫高校生同士のカップルも多くできている。

「I love you」を、漱石は「月がきれいですね」とでも訳せと言い、二葉亭四迷は

「あなたのためなら、死んでもいい」と訳した。ちなみに、『三四郎』では「ラッヴする」になっている。

草食系男子が増えた現在、これからはどんな恋愛のかたちが作られるのか。究極の身体の近代化である恋愛が崩れ始めているということは、次にはどのような時代が到来するということなのだろうか。

映画評『リスボンに誘われて』と青春の回想

あと四年もすれば古稀を迎えるかも知れない今になっても、あれは何だったのだろうとふと頭をかすめる「疑問」がある。学園紛争のことだ。全学団交、全学封鎖、八派連合、全共闘大会、佐世保エンプラ寄港阻止、近畿圏大学の京都円山公園・大阪扇町公園の反戦デモ、御堂筋奪還（神田地区解放区闘争の関西版か）のフランスデモ。重い〇〇大学全共闘という旗を担いで先頭を歩いたり、ジグザグデモの渦の中にいたこともある。

この映画『リスボンに誘われて』を観て、私の疑問がはらりと解けたのだった。後生大事に学園紛争の記憶を胸に留めてきたのは実は楽しかったからで、子供の隠れん坊とか運動会のようなものではなかったのかと。

全学団交の主題は大学制度への異議申し立てで、講堂の壇上にはそれぞれの学部長あるいは学生部長が二列で十数名程並んでいた。六甲台講堂は二階まで学生で溢れ、壇上を見下ろせる両翼にも学生がすし詰めで、そこから教授たちが何か答える度に大きなヤジがとんでいた。司会が同じ中国語クラスの女子学生だったから、私たちのクラスは全員が参加していただろう。後で彼女の司会は抜群だったとみんなが評価した位、教授の返答は惨憺たるものだったが、実のところは学生たちが言葉尻を捉えただけの水掛け論に終始していたのかもしれない。講堂の熱気にもかかわらず、初夏の暑さは余り感じなかった。

ただ、性急に大学改革を主張する学生たちに対して、制度を変えるつもりはないという大学側の強い意思はよく分かった。それで、学部に帰ってやり始めたことは、大学側を排除するための封鎖だった。

その手始めに教育学部の中核にある学部長室を占拠した。フロント、ブント、中核、民学同、社青同、ノンセクトラジカルの寄せ集め集団が、まず応接セットを解体し、入口の扉に積んで外から入れないようにした。広々とした部屋はしばらく快適だった。ところが何か騒がしくなった。自治会を牛耳っていた民青、共産党グループが学部長室の外から水を浴びせ始めたのである。水を馬鹿にするものではない。普通の水道のホースからの放水なのに扉も流す程の水圧で、扉が開かないように頑丈に組み立てていたはずの机や椅子が崩れ漂い始めた。

内ゲバは怖い。あの秩序なき世界の漂流感は、なんだか世界が割れてしまったような気がした。誰がこの事態を止めてくれるのか見当がつかない混迷感と焦燥感の中、流れ込んでくる大量の水に抗しかねて、私たちは外に逃げることにした。二階から梯子で一人ずつ地上に降り立った頃には騒ぎを聞きつけて集まった一般学生が周りを取り囲み、おかげで怪我はさせられずに済んだ。ただ、一階の図書館に水が入り多大な被害を与えたのだった。

振り返って見れば、当時の学園紛争の中で一本重く貫通していた課題は、ベトナム戦争反対運動だった。その前哨戦が、日本に核兵器を持ち込ませないと全国の学生たちが統一戦線を組んだ佐世保エンプラ寄港阻止闘争（一九六八年一月）だった。大阪から参加した私が乗ったのは〝封印列車〟だった。国労と連携していた新左翼が、一輌だけ無賃乗車で都合をつけてもらったものらしかった。車内はギュウギュウ詰めで、通路に新聞紙を敷いて座ったり、網棚に登って寝転んでいる学生までいた。青竹の先端を斜めに切って竹槍にしたものもあった。肘掛けに腰を持たせてやっと佐世保に着いたら、駅員が目立たぬように外から出口を開けてくれた。

数年前テレビの旅番組で佐世保港を見下ろしている映像を見たが、よくあんなところでジグザグデモをして海に落っこちなかったものだと妙に感心した。栈橋は狭く、栈橋に行く前には米軍基地の横で銃を持って立っていたMPに対して「ヤンキーゴーホーム」とシュプレヒコールをしたが、よく撃たれなかったものである。格子の粗い鉄柵越しの擦れ違わんばかりの至近距離だったのに、MPは微動だにせず置物のように立っていた。代わりに警察から放水されてデモ隊は雲散霧消した。

機動隊に追われた学生たちを匿ってくれたのは佐世保市民だった。炊き出しのお握りをくれたり、体を拭くタオルを貸してくれたりもした。市民と連帯したエンプラ寄港反対運動だった。

帰りの列車も全国から集まってきた人たちで混雑を極めた。仕方なくグリーン車に移動したところ、抗議集会で演説していた社会党の議員たちと鉢合わせした。彼らは佐世保市民ほど優しくはなく、「入ってくるな」と私たちを恫喝し、自分たちはゆったりとした座席で缶ビールを飲んでくつろいでいた。ドア越しに眺めて、ああダラ幹なんだ、そのうち社会党は無くなると確信した。実際に社民党に党名を変更し、野党としての力を無くしたのはそれから二十何年か後だったが。

この後、共産党が新左翼とは連携しないと方針を決定した。大学でも、民青と新左翼の内ゲバが隠微に始まった。両陣営の一人ずつが行方が分からなくなり、どうやら監禁されたらしいと噂で聞いた。それから、新左翼のセクト同士の内ゲバが起こるようになった。

扇町公園での集会の後の、火炎瓶が飛び交ったデモの時だった。先頭集団にいた私は突如、襲い掛かってきた機動隊の楯の角で頭部を強打された。ザクロのような頭になった私は、歩道の銀杏の根元で意識を失った。気が付いた時は、ベ平連の医療チームに助けられて、急遽病院に早変わりした近くのビルの二階の会議用の机の上に寝かされていた。頭の下にはバケツが置いてあり、ボトリボトリと血が溜まっていた。麻酔もかけていないのだから、周囲の会話はよく聞こえた。「この人の傷、かなり深いで」という声を聞きながら縫合してもらった。ハーフコートは血だらけだった。

廊下に出ると治療の順番を待っている学生たちが、うめきながら寝転がっていた。修羅場だった。傷だらけの彼らに躓きそうになりながら、ふらふらと外に出てタクシーを拾って帰宅した。

そういうことを体験したとしても、やはり、この映画を観たら、味方さえ殺さねばならない独裁体制下の反体制組織の厳しい戦いには襟を正さざるを得ない。大学解体、産学連携阻止、自己否定などは所詮戯れ言で、一体私たちは何を達成することができたのだろうかと、苦い思いが湧いてくる。正義感はあったから、状況の悪化に対して何もしない大人への反抗といら立ちというものだったのかもしれない。その後、教養部が解体され、より悪しき方向に大学は転換していった。管理教育の徹底と大学のレジャーランド化、社会に出て労働者としての権利さえ主張できず、過労死するまで働かされるようになったのはその結果だ。

一九七〇年前後は、フランスの五月革命を始めとして世界各国で続々と学園紛争の嵐が吹き荒れていた時代だった。しかし、ポルトガルは、一九七四年までサラザール・カエターノの独裁体制下だったのだ。スペインのフランコの独裁は知っており、大きな十字架のフランコの墓を車窓から眺めたこともあるのに、五十年間も続いたポルトガルの独裁についてはほとんど知らなかったので驚いた。その体制に最も組織的に抵抗したのがポルトガル共産党であり、国軍と連帯までしていたことにも驚いた。この映画は、無名でありながら自由を求めて、共産党と近いところで独裁体制と闘ったアマデウや彼の仲間たちの物語である。

私たちにその扉を開くのは、スイスのベルンで高校の教師をしていたライムントである。彼が雨の中、橋から飛び降り自殺をしようとしている赤いコートの女性を助けたことから映画は始まる。この赤がカーネーション革命の赤に繋がるのだろうが、彼女のポケットの中から出てきた『言葉の金細工師』という本に惹かれて、著者のアマデウに会いたくなってライムントはリスボン行きの夜行列車に飛び乗る。それも高校の授業を急遽放り出して。三十年にわたって高校教師を勤めてきた私には、彼の行動は誠に羨ましいものだった。

リスボンのアマデウの住所を訪ねたライムントは、富裕層の住居を思わせる重厚な造りのその家で彼の妹に会う。黒い喪服の初老の女性の存在感が、過去のつらさ、重さを漂わせていた。医者になったアマデウは、学生時代の親友だったジョルジュと反独裁運動に参加し、そこで出会った美しくて超人的な記憶力を持ったエステファニアを愛するようになる。

山場は、仲間がドイツ語教室という名目で集まっている最中に秘密警察に踏み込まれ、逃走する場面だ。リスボンの石畳の坂の真ん中に、アマデウとエステファニアが乗る車を阻もうとして、ジョルジュがピストルを構えて立っている。アマデウがゆっくり車から降り、ジョルジュのピストルを包み込むように奪い取る時は息を詰まらせて観た。ジョルジュにとって、エステファニアが敵に捕まれば、仲間がすべて捕まり拷問に掛けられることになる。組織を守るためには、警察が血眼になってその行方を追っているエステファニアを殺さねばならないと思い詰めていたのだ。エステファニアは、仲間の名前、住所、電話番号の全てを記憶していたのだから。

アマデウとエステファニアは、ある人物に電話してスペインとの国境を越えることができた。その人物は、かつて民衆に追い詰められて怪我をしていたところを、アマデウが住民から唾を吐きかけられながらも、医者として助けた政治警察官だった。

私も封鎖解除後、封鎖反対グループから唾を吐きかけられたことがある。あの屈辱感は相当なもので、顔にねっとりと付いた唾液を洗う場所もなく学外に放り出された。それから私は授業を受けられず、卒論も提出できなかった。卒業を目前にして、どうか事務まで無事にたどり着けますようにと「大江健三郎論」を手に恐る恐る学内に入ったことを覚えている。内ゲバで消えた学生もいた。

アマデウは「革命」の日に死んだ。その日は今「自由の日」と呼ばれて祝日になっている。

リスボンのそそり立つ海岸線が美しかった。いつか赤いカーネーションで一杯になっているリスボンに行ってみたい。

あとがき

本書は三部構成になっている。

第一部は、「漱石こぼれ話」として『文藝かうべ』に書いた十回分である。ふと頭に浮かんだ漱石に関する小さなエピソードをつなぎながら、易しい漱石入門にしたつもりである。

いつも難しそうな顔をしている印象のある漱石だが、小説・随筆・評論の他に、漢詩や俳句も多く作っている。「木瓜《ぼけ》咲くや漱石拙を守るべく」（明30）と季節外れに咲くことのある木瓜に自分を託したり、胃の悪い自分の放屁を破れ障子が風に鳴る音として落款（破障子《はしょうじ》）にしたりと、漱石の意外な面に接することができるだろう。『草枕』は、春に咲く花で溢れた花物語である。

漱石の無二の親友はやはり子規で、ある意味で彼が小説家漱石を大成させたといえる。

脊椎カリエスの末期にあった子規は、「死んだ方がよい、誰れか殺してくれんかしら」というほどの激痛に号泣苦悶していた。そんな痛みを片時でも紛らわせるために友人たちに「面白い話」「珍しい話」を聞かせてくれと病床から懇請していた。漱石は留学先から「倫敦消息」三回分を送ったが、もう一便送って欲しいという子規の最後の願いをかなえてやることはできなかった。俳誌『ホトトギス』に連載した『吾輩は猫である』（明38・1〜39・8）は、そんな子規をあの世で楽しませてやるための「お伽」話の連鎖だったのである。

子規は、友人たちを果物や野菜に喩えた「発句経譬喩品」（明30）を残している。「漱石君柿」には「ウマミ沢山　マダ渋ノヌケヌノモマジレリ」という注がついている。この「渋」を抜き、子規の好きな甘い柿がたわわに実る大木にしたかったのだろう。そのような意味もあって、第二部を「漱石と子規」として、「フェミニスト子規」と「子規と『吾輩は猫である』」を付け加えた。

第三部は、海外や国内の旅で感じたことを中心にまとめてみた。

「漱石と自然災害」では、阪神大震災を経験して半壊になった家でよく助かったものだと実感するとともに、明治期の大きな自然災害に遭遇してその経験を自己の心中に深く降ろす漱石を書いてみた。

「運動会の美学」では、『三四郎』の運動会から、昭和三十年代の私たちの運動会までを想起して、若者の「身体」を巡る国家と地域社会の関与の変遷を見詰めた。

「中欧の闇・こころの闇」では、ドイツでケバブを食べたり、トルコ系のホームレスの一家に遭遇したりしたことから、私の学生時代の友人や定時制高校で勤務していた時に知った生徒の「こころの闇」について書いてみた。ベルリン・ポツダムに残る独ソ戦や「壁」時代の痕跡には今も慄然とする。この時はオーストリア・ハンガリー・チェコ・スロバキアと旅したが、やはり漱石につながっていった。漱石が明治の人でありながら、グローバルな視点を持っていたからだろう。高度資本主義下の私たちを逆照射してくれている。

漱石が亡くなって一世紀が経ったが、今も漱石論は数多く発表されている。近年では、ドイツの哲学者カントやニーチェやベンヤミンやロシアのバフチンなどを巻き込んで論じられることもあり、私たちの日常の地平から超越していく。

私にはそのような論は土台、無理というもので、本書では裃を脱いで、素直にエピソードを綴り誰でも関心が持て、すらすら読める「易しい」漱石を表現してみたかった。それと「菫程な小さき人に生れたし」（明30）という句から受ける作者の繊細で「優しい」人柄を掛けて、タイトルを『やさしい漱石』としてみた。

そのような「こぼれ話」の一つ一つが、漱石文学への小さな扉になってくれると嬉しい。その扉を開けて、漱石文学に親しんで下さるとさらに嬉しい。

初出一覧を整理しながら、「書いてみたら」と声を掛けて下さった方々のお陰で、この一冊が上梓できたのだとしみじみ感じている。『風』の編集長・故松本邦夫さんや『文藝かうべ』の編集長・菊池崇憲さんには、有益な助言と新たなテーマを示唆して頂いた。今まで関西の漱石は、京都や和歌山、大阪以外は黙殺されていたところ、菊池さんのお陰で「明石の浦の漱石」と「漱石と神戸」を書き加えることができて嬉しかった。

それらを、不知火書房の米本慎一さんが、根気よくまとめて下さり、海外の旅の随想まで掘り起こして一冊の本にして下さった。また、高根英博さんは、軽妙で深みのあるイラストを描いて下さった。拙論に発表の機会を与えてもらった初出掲載時の編集子の方々とお二人に深謝する次第である。

二〇二〇年八月

西村好子

初出一覧

漱石と日露戦争・朝鮮　「文藝かうべ」第8号　牛涎社、二〇一五・五
漱石の食・子規の食　「文藝かうべ」第9号　牛涎社、二〇一五・十一
漱石の花好き　「文藝かうべ」第10号　牛涎社、二〇一六・五
漱石と国語教科書　「文藝かうべ」第11号　牛涎社、二〇一六・十一
抵抗する漱石　「文藝かうべ」第12号　牛涎社、二〇一七・五
狂う人・漱石　「文藝かうべ」第13号　牛涎社、二〇一七・十一
大学講師としての漱石　「文藝かうべ」第14号　牛涎社、二〇一八・五
修善寺の漱石　「文藝かうべ」第15号　牛涎社、二〇一八・十一
明石の浦の漱石　「文藝かうべ」第15号　牛涎社、二〇一八・十一
漱石と神戸　「文藝かうべ」第17号　牛涎社、二〇一九・十一
フェミニスト子規*　「風」創刊号　一九九三・十一
子規と『吾輩は猫である』*　「日本文学」VOL42　日本文学協会、一九九三・十二
漱石と自然災害　「葦の葉」日本文学協会近代部会、二〇一一・九
運動会の美学　「風」第3号　一九九五・六
臼杵紀行——野上弥生子が生まれた町　「風」第6号　一九九八・二

ドイツ・オーストリアから、漱石『門』へ　「颪」第7号　二〇〇〇・一
中欧の闇・こころの闇　「颪」第11号　二〇〇四・四
七十年前の青春　「兵庫高等学校中島学級文集」第6号　アボット会、二〇一六・十
映画評『リスボンに誘われて』と青春の回想　「季報唯物論研究」129号　二〇一四・十一
＊印は『散歩する漱石―詩と小説の間』（翰林書房、一九九八・九）から再録。

引用文献
『漱石全集』（四六判、全28巻・別巻1）、夏目金之助、岩波書店、一九九三～一九九九
『漱石全集』（菊判、全17巻）、夏目漱石、岩波書店、一九六六～一九七六

西村好子（にしむら よしこ）
1947年、佐賀県生まれ。神戸大学大学院文学研究科修士課程修了（日本近代文学専攻）。大阪大学大学院文学研究科博士課程単位取得退学（文化形態論）・博士（文学）。
神戸市立定時制高等学校勤務の後、神戸大学文学部・神戸女子大学文学部兼任講師。現在、神戸女子大学嘱託。日本近代文学会員・現代詩神戸会員。
著書　詩集『縛われた眼』（1976.10　風信社）
『散歩する漱石—詩と小説の間』（1998.9 翰林書房）
『寂しい近代—漱石・鷗外・四迷・露伴』（2009.6 翰林書房）
詩集『此岸の船』（2017.6　ユニウス）

やさしい漱石

2020年10月30日　初版第1刷発行©

定価はカバーに表示してあります

著　者　西　村　好　子
発行者　米　本　慎　一
発行所　不　知　火　書　房

〒810-0024　福岡市中央区桜坂３-12-78
電話　092-781-6962
FAX　092-791-7161
郵便振替　01770-4-51797

印刷／青雲印刷　製本／岡本紙工

落丁本・乱丁本はお取替えいたします　Printed in Japan

ISBN978-4-88345-130-2　C0095

好評既刊・近刊予告（本のご注文は書店か不知火書房まで）

織姫たちの学校 1966-2006

大阪府立隔週定時制高校の40年

「働きながら高校で学べる！」全国から集って来た一万人余の少女たちが泉州の地に青春の思い出を刻んだ。一教師による内部レポート

櫑日康之

1600円

外道まんだら

忘れられた聖と賤の原像を求めて

外道とは、かつては「外（ソト、蘇塗、禁足地）」である聖なる道を歩む者を指す言葉だった。列島各地に残る古代信仰の痕跡を追う

徳永裕二

1800円

不実考

続 外道まんだら

不実とはここでは「実らず」の意で、ＦＧＭ／ＭＧＭが歴史の中で社会の統治形態の在り方と関わって、どう変形をとげていったかを見る

徳永裕二

1800円

検証温暖化

20世紀の温暖化の実像を探る

シリーズ［環境問題を考える］5

改竄されていない観測記録、異なる立場の学説・理論の概要、内外の研究情報などを紹介・解説、科学＆情報リテラシーの確立を訴える

近藤邦明

2500円

「昭和」に挑んだ文学

戦争を経験した昭和の文学の課題は「政治と文学」に収斂される。文学者たちは作品の中で、いかに状況と拮抗する世界を構築したか

松山愼介

12月刊

漱石俳句の図像学

明治28～31年の作品を中心に

西村好子

21年刊